Grâce à un programme d'aide à la traduction du Conseil des Arts, il est enfin devenu possible de faire connaître au Québec les œuvres marquantes d'auteurs canadiens-anglais connues souvent dans tous les pays de langue anglaise, mais ignorées dans les pays de langue française parce qu'elles n'avaient jamais été traduites.

Ce même programme permet aux œuvres marquantes de nos écrivains d'être traduites en anglais.

La Collection des Deux Solitudes a donc pour but de faire connaître, en français, les ouvrages les plus importants de la littérature canadienne-anglaise de ces dernières années.

Cher Bruce Springsteen

COLLECTION DES DEUX SOLITUDES, JEUNESSE
directrice: Paule Daveluy

OUVRAGES PARUS DANS CETTE COLLECTION:

CALLAGHAN, Morley
La promesse de Luke Baldwin
traduction de Michelle Tisseyre

CLARK, Joan
La main de Robin Squires
traduction de Claude Aubry

DOYLE, Brian,
*Je t'attends à Peggy's Cove**
traduction de Claude Aubry
Prix de traduction du Conseil des Arts, 1983
En montant à Low
traduction de Claude et Danielle Aubry

FREEMAN, Bill
Le dernier voyage du Scotian,
traduction de Maryse Côté
Premier printemps sur le Grand Banc de Terre-Neuve
traduction de Maryse Côté

GERMAN, Tony
D'une race à part
traduction de Maryse Côté

HUGHES, Monica
Mike, chasseur de ténèbres
traduction de Paule Daveluy
La passion de Blaine
traduction de Marie-Andrée Clermont

LITTLE, Jean
Écoute, l'oiseau chantera
traduction de Paule Daveluy
Maman va t'acheter un moqueur
traduction de Paule Daveluy

LUNN, Janet
Une ombre dans la baie
traduction de Paule Daveluy

MACKAY, Claire
La fille à la mini-moto
traduction de Michelle Tisseyre
Le Programme Minerve
traduction de Marie-Andrée Clermont

MAJOR, Kevin
Tiens bon!
traduction de Michelle Robinson
Loin du rivage
traduction de Michelle Tisseyre
Cher Bruce Sprinsteen
traduction de Marie-Andrée Clermont

MONTGOMERY, Lucy Maud
*Émilie de la Nouvelle Lune, 1**
Émilie de la Nouvelle Lune, 2
Émilie de la Nouvelle Lune, 3
traduction de Paule Daveluy

MOWAT, Farley
Deux grands ducs dans la famille
traduction de Paule Daveluy
La malédiction du tombeau viking
traduction de Maryse Côté
Une goélette nommée Black Joke
traduction de Michel Caillol

SMUCKER, Barbara
*Les chemins secrets de la liberté **
traduction de Paule Daveluy
Jours de terreur
traduction de Paule Daveluy
Un monde hors du temps
traduction de Paule Daveluy

TRUSS, Jan
*Jasmine**
traduction de Marie-Andrée Clermont

WILSON, Éric
Terreur au bivouac
traduction de Michelle Tisseyre

* Certificat d'honneur de l'Union internationale pour les livres de jeunesse, pour la traduction (IBBY).

Kevin Major

Cher Bruce Springsteen

traduit de l'anglais par

MARIE-ANDRÉE CLERMONT

ÉDITIONS PIERRE TISSEYRE
8925, boulevard Saint-Laurent — Montréal, H2N 1M5

Dépôt légal: 4e trimestre 1989
Bibliothèque nationale du Canada
Bibliothèque nationale du Québec

L'édition originale en langue anglaise
de cet ouvrage a été publiée par
Dobleday Canada Ltd., Toronto
sous le titre
Dear Bruce Springsteen

Illustration de la couverture :
Frank Morris

Éditions Pierre Tisseyre
ISBN-2-89051-380-7
234567890 IML 987654321
10568

Pour Anne et les garçons

Le 5 avril

Cher Bruce Springsteen,

Peut-être que cette lettre se rendra jamais jusqu'à toi. Et, avec la quantité de courrier que tu dois recevoir, à supposer qu'elle finisse par t'arriver, qui sait s'il te faudra pas des années pour venir à bout de la lire? Mais ça me fait rien, je vais te l'écrire quand même.

Tu vois, je veux seulement te dire à quel point j'aime ta musique, et te parler un peu de moi. Je veux pas te déranger trop longtemps. T'as sans doute un millier de chats à fouetter, mais je me dis que si t'avais quelques minutes de répit, ça t'ennuierait pas de m'écouter. C'est comme ça que je t'imagine, comme personne.

Je m'appelle Terry Blanchard. On raconte que mon père m'a donné ce prénom-là en souvenir d'un copain à lui, du temps de son cours secondaire, un gars qui s'est fait tuer dans un accident de moto. J'ai cru comprendre entre les branches que, le jour de l'accident, le paternel était censé aller faire de la moto avec le copain en question, mais qu'il a changé d'idée à la dernière minute. Remarque, c'est rien que des on-dit, tout ça; le paternel, lui, il en a jamais vraiment parlé.

Hé, mais j'y pense, sais-tu que t'es assez vieux pour être mon père? En fait, le paternel et toi, vous devez être à peu près du même âge. Curieux, pas vrai? Vous vous ressemblez pas tant que ça, par exemple!

Mais je reviens à mon histoire. J'ai quatorze ans et j'ai une sœur qui en a dix. Je suis en neuvième année à l'école. La ville où j'habite est pas très grande, quinze mille de population peut-être. Assez gros pour qu'on ait notre McDonald et quelques autres services, si ça peut te donner une petite idée de ce que c'est. Ça pourrait être pire comme endroit, j'imagine. Mais c'était mieux, dans le temps, avant que le moulin se mette à congédier du monde.

Tu commences à être tanné? Je devrais sans doute pas prendre de ton temps comme ça.

De toute façon, je veux simplement te dire que ta musique me fait *triper*, et que mon rêve le plus cher, c'est de te voir un jour en concert. Parce que si j'en juge par les clips que j'ai vus à la télé, tes spectacles doivent être du tonnerre!

Salutations,
Terry

Le 11 avril

Cher Bruce Springsteen,

Je t'ai écrit, y a à peu près une semaine, mais ça se peut bien que t'aies pas reçu la lettre (en fait, la seule adresse que j'ai pu trouver, c'est celle de la compagnie de disques inscrite derrière un de tes albums). J'espère qu'on te l'a fait suivre. Mais sinon, c'est pas plus grave que ça. Je te disais pas grand-chose. Et je m'attends pas vraiment à recevoir de réponse.

Alors, qu'est-ce qui me prend de vouloir recommencer?

Qui sait? Ça me tente, faut croire! J'ai relu une des histoires qu'on rapporte à ton sujet dans *Rolling Stone*. J'ai l'impression, tu vois, de ressentir dans mes tripes les mêmes sentiments que toi, quand t'avais mon âge. Et y a personne autour de moi à qui j'ai vraiment envie d'en parler.

Est-ce que ça t'est déjà arrivé de te réveiller le matin en pensant *franchement, j'aimerais mieux rester au lit, moi, plutôt que d'être obligé de me lever et d'envisager une autre journée d'école*? Ç'a dû. Quand je pense à la fois où cette prof, en troisième année, t'a flanqué au fond d'une poubelle, je me dis que tu dois savoir de quoi je parle. J'en ai, des profs de même, des vrais baveux! Ils oseraient jamais pousser personne dans une poubelle, remarque, mais ils nous font des affronts qui nous font aussi mal au moral. Prends, par exemple, Jenkins, mon prof de maths, qui me lance comme ça, aujourd'hui, que j'ai le cerveau en chômage perpétuel.

— Et si tu te décides pas à travailler, qu'il a ajouté, c'est pas juste ton cerveau qui va se retrouver en chômage, mais toi aussi.

J'avais envie de lui répondre aussi sec mais, bien sûr, je me suis retenu. De toute façon, c'est un bien bizarre énergumène! On l'a surnommé Jerkins. Il se prend pour un vrai macho! Il mesure quelque chose comme un mètre quatre-vingts, il a une bedaine de bière (qu'il passe son temps à rentrer), et il porte trois, quatre chaînettes en or avec des aigles, des têtes de bélier et d'autres bebelles du genre pendues au bout. Merde, il a tout un problème, le gars!

Y a Mme Lamb, aussi, qu'on croirait sortie tout droit de la Grande Noirceur! Elle devrait prendre sa retraite, ça permettrait au monde de respirer un peu! Elle a jamais de temps à consacrer aux élèves, sauf à ceux qui sont toujours dans les 90%. Au commencement, j'allais la voir pour me faire expliquer ce que j'avais pas bien compris pendant les cours d'anglais, mais j'ai fini par me tanner: elle se pensait toujours obligée de me rabâcher que j'aurais dû être plus attentif la première fois.

Une chose qui m'a vraiment fait mordre à ta musique, c'est cette phrase dans *No Surrender* qui parle d'école buissonnière. Je me sens vraiment comme ça très souvent! Je sécherais jamais de cours, remarque, parce que, d'abord, ma mère m'étriperait. Et puis aussi, quand je prends le temps d'y réfléchir, je finis par reconnaître que j'ai quelques profs qui sont potables. Y en a même un ou deux avec qui je m'entends bien, la plupart du temps. Mais tu sais comment c'est: y en a qui ont vraiment le tour de nous frotter dans le mauvais sens du poil.

Après que j'ai eu commencé à écouter les paroles de cette chanson-là, tu peux pas savoir tout ce qu'elles se sont mises à signifier pour moi. Surtout celles qui ont rapport aux rêves. *No retreat, and no surrender,* tu dis. Pas question de battre en retraite, ni de capituler. C'est bien ça?

Avant ça, je me contentais d'aimer ta musique sans trop porter attention aux thèmes que tu abordais. Mais maintenant, j'ai la transcription des paroles de toutes tes chansons. Et la série complète de ta musique, sur cassette, depuis *Greetings from Asbury Park* (et celle-là, mon vieux, elle est pas facile à dénicher par ici. J'ai demandé à un de mes cousins de me l'acheter pendant qu'il était en Floride dans le temps des Fêtes).

Bon, bien, faudrait peut-être que je m'arrête. Je voudrais quand même pas monopoliser tout ton temps (si la lettre se rend, bien sûr). À propos, tu sais, à supposer que tu la reçoives et que tu veuilles que je cesse de t'écrire, t'as qu'à me le dire et je t'achalerai plus.

Prends ça «cool»,
Terry (Blanchard)

P.S. D'après Mme Lamb, faudrait que je finisse ma lettre par «Je te prie d'agréer, cher Bruce Springsteen, l'expression de mes sentiments les meilleurs.» Mais qu'est-ce qu'elle en sait, hein? J'essaie d'être différent.

Le 21 avril

Cher Bruce Springsteen,

J'ai reçu aucune réponse aux deux lettres que je t'ai envoyées; ça t'ennuie pas que je t'écrive, faut croire.

Ça, c'était une petite blague! J'ai appris que t'es en tournée au Japon. Probable que mes lettres gisent au milieu de milliers d'autres venant de tes admirateurs, au fond d'une poche de courrier qui traîne quelque part au sous-sol de ta maison de disques.

Pas de problème, j'suis capable de prendre ça. Je t'écris quand même, parce que ça me plaît, voilà tout. Même si tu reçois pas mes lettres; ou plutôt même si tu les as pas *encore* reçues.

Aujourd'hui, à l'école, Jerkins m'est encore tombé dessus. Merde, s'il arrête pas de m'achaler, celui-là, il perd rien pour attendre! Je pianotais sur mon pupitre au son d'une musique qui me trottait dans la tête. Il a commencé par m'envoyer sa formule éteignoir de routine:

— Ce sont les boyaux vides qui font le plus de bruit.

Je me demande, franchement, où il est allé pêcher une platitude pareille! À force de la rabâcher, il devrait pourtant finir par s'en tanner, non? En tout cas moi, j'en ai jusque-là. C'est là qu'il m'a envoyé, comme ça:

— Arrive en ville, Blanchard! On le sait à quel point c'est facile pour toi de faire le cave. Pas besoin de passer ton temps à le prouver.

Je lui ai rien répondu. Pas parce que je manquais d'idées, loin de là! Il m'est venu une envie de le ficeler à son fauteuil, puis de flanquer une radio à cassette devant lui sur le bureau, et de lui faire vibrer les tympans avec une de tes chansons, une de celles qui «rockent» pour de vrai, comme *Cadillac Ranch* ou *Ramrod*. Histoire de lui faire comprendre ce que c'est que le bruit, et ce que c'est pas. Tu imagines la scène? Moi, en tout cas, c'est ce que j'ai fait pendant tout le reste du cours de maths. J'ai l'impression que, plus souvent qu'autrement, c'est mon imagination qui m'aide à passer à travers les journées.

Ce doit être formidable de se défouler comme tu le fais en scène, de mordre dans une chanson en y mettant le paquet, et de lâcher tout ce qu'on a dans les tripes. Sans avoir de compte à rendre à personne. Le plus que je peux faire, moi, c'est de claquer quelques portes. C'est vraiment pas très efficace.

Il m'est arrivé quelques fois, quand j'étais tout seul à la maison, de mettre une de tes chansons et de monter le volume à huit ou à neuf, en faisant semblant de chanter dans un micro imaginaire (une lampe de poche ou un truc quelconque). Une fois, la voisine, Mme MacKinnon, s'est pointée dans notre appartement et elle m'a surpris en pleine performance. Mon gars, as-tu jamais vu quelqu'un virer tomate? Je devais avoir les joues en feu. Mais elle avait absolument pas d'affaire à venir écornifler.

— La musique était si forte, qu'elle a dit, que j'ai pensé qu'il y avait un problème.

Comme histoire, franchement! Bien sûr, il a fallu qu'elle en parle à ma mère, mais maman en a pas fait un plat. Sauf que maintenant, j'utilise un casque d'écoute, mais c'est loin d'être pareil. Pas moyen de vraiment décomprimer avec ça.

J'ai une affiche de toi sous les yeux. Ç'a été pris en concert et la sueur te dégouline de partout, mais t'as vraiment l'air de te payer la traite. J'ai enlevé toutes les autres affiches de mon mur de chambre pour laisser seulement celle-là. Ma petite sœur aussi a quelques photos de toi dans sa chambre, qu'elle découpe dans les magazines quétaines qu'elle achète. C'est ridicule: elle t'a placé à côté d'une bande de mauviettes en vêtements rutilants. Elle connaît pas mieux. Elle le sait pas, elle, que t'es « le Boss ». Quand elle se met à parler de toi, c'est bien simple, faut que je sorte de la pièce. C'est tellement niaiseux que c'en est gênant. Je vais te dire bien franchement, ma sœur est niaiseuse à bien des points de vue.

Bon, il est autour de minuit et tout le monde dort depuis un p'tit bout de temps déjà. Je fais mieux d'éteindre et d'essayer d'attraper un peu de sommeil. Que j'ai donc hâte à demain: une autre merveilleuse semaine d'école qui commence! Dieu merci, il reste seulement deux mois avant les vacances.

En tout défoulement,
Terry (Blanchard)

Le 25 avril

Cher Bruce Springsteen,

Tu te rappelles de moi?

Alors, comment ça s'est passé au Japon? J'ai entendu parler de tes concerts là-bas à ma station rock. Ç'a dû être terrible!

Peut-être que t'aurais envie de connaître un peu ma famille? (Peut-être pas, non plus. Mais je t'avertis: tu pourrais y puiser du matériel pour une bonne chanson.)

Avec ma mère, ça va. Enfin, je veux dire, on s'entend bien la plupart du temps. On a nos mauvaises passes mais, dans l'ensemble, elle est bien correcte. Je lui tiens à cœur et je considère que c'est quelque chose d'important. Un exemple: l'autre après-midi, quand elle est rentrée de l'ouvrage, l'air d'avoir passé une journée d'enfer à l'hôpital (et en plus, elle couvait un rhume), elle s'est donné tout le mal de faire une sauce à spaghetti maison pour accompagner les nouilles du souper, parce qu'elle sait que je peux pas blairer les trucs en pots. J'ai eu beau lui donner un coup de main, c'est quand même elle qui a fait le gros du boulot. Je lui ai suggéré d'aller s'étendre un peu, mais elle a rien voulu savoir. Y a aussi qu'elle veut pas se faire accuser de pas prendre aussi bien soin de nous que si elle travaillait pas à temps plein sur des quarts.

Ma mère est assistante infirmière. Elle aime son métier, mais c'est dur. Plus souvent qu'autrement, elle travaille debout. Tout ce qui se passe autour, je l'apprends à la source: les accidents, les naissances, et alouette! Ça fait qu'on pique parfois de bonnes jasettes. Certains trucs, elle me les raconte seulement quand Amanda est au lit. C'est les meilleurs moments, ceux-là, quand on reste juste tous les deux dans la cuisine, à parler de tout ça en buvant du café. Y a des choses incroyables qui se passent dans un hôpital! T'en reviendrais pas!

Avant, elle travaillait seulement à temps partiel. C'est seulement depuis quelques mois qu'elle a pu décrocher un poste à plein temps. Elle aime pas tellement le système de rotation, mais elle a pas le choix.

— C'est déjà beau que j'aie un emploi! qu'elle répète à tout bout de champ. On a besoin d'argent. C'est ou bien ça, ou bien retourner sur le B.S.

Elle nous rebat les oreilles avec ça tellement souvent que c'est comme si elle avait besoin de se le remettre en tête continuellement. Je pense qu'elle se sent coupable qu'on soit pas aussi à l'aise que d'autres, et de pas pouvoir nous gâter comme elle voudrait. Elle passe son temps à dire que ça pourrait être pire, qu'on pourrait mourir de faim en Afrique. Ou être comme les Smith...

Les Smith, c'est cette famille qui a emménagé dans un appartement, au bout de la rue, après l'incendie de leur maison. Leur gardienne d'enfants était en train de faire des frites, tard dans la soirée, et elle s'est endormie en regardant la télé. L'huile a pris feu. Encore chanceuse que la fumée l'ait réveillée et qu'elle ait pu faire sortir les petits à temps. C'est plutôt triste, leur histoire, parce qu'ils avaient pas d'assurances et que là, eh bien, ils ont plus rien.

Je le sais que ça pourrait être pas mal pire pour nous autres. Je voudrais seulement que maman arrête de toujours ramener ça dans la conversation. J'suis parfaitement capable de constater de mes propres yeux qu'on est mieux nantis que bien du monde sur la Terre. Rien qu'à regarder les nouvelles à la télé...

T'es-tu déjà demandé comment ça se faisait que tu sois né là où t'es né? Si, oui ou non, c'est une simple question de hasard? Supposons, par exemple, qu'on additionne toutes les naissances au monde pour telle ou telle journée, ce serait quoi, les probabilités que tu sois né là où t'es né, hein? Un demi million contre un que tu te retrouverais ailleurs, non? Ailleurs, dans quelque pays du bout de la terre, à deux pas d'un trou de vase. Et que tu connaîtrais rien de rien à la musique rock, ou aux hamburgers, ou à d'autres trucs du genre. Ouais, je sais, c'est une bien bizarre façon de voir les choses, mais moi, je réfléchis pas mal à tout ça. J'imagine que ce serait pire d'avoir à vivre tout nus, sans jamais savoir d'où le prochain repas va nous venir. Chaque fois que l'ennui m'assomme, ces idées-là me reviennent en tête.

Mais c'est pas du tout comme ça que ma sœur voit les choses, elle. Elle fait de la peine à maman à force de quémander des trucs au-dessus de nos moyens. C'est trop cher, elle devrait pourtant le savoir! En plus, quand elle a de l'argent, au lieu de le garder pour s'acheter quelque chose de vraiment nécessaire, elle va tout flamber sur des niaiseries, comme ses fichus magazines imbéciles. (Je dis pas ça pour t'insulter, c'est pas pour toi qu'elle les achète, mais pour Duran Duran.) Ce dernier Noël, maman a fait des pieds et des mains pour lui dénicher la poupée de ses rêves avec taches de rousseur, cheveux bruns et yeux bleus (*non mais ça se peut-tu?*), eh bien, c'est à peine si elle joue avec, aujourd'hui.

— Trop enfantin! qu'elle dit.

Ces jours-ci, ma sœur s'est lancée dans le maquillage. J'en ai jamais parlé à maman, mais je sais qu'Amanda se sert de ses produits de beauté certains soirs qu'elle travaille. Elle disparaît pendant une heure et, quand elle revient, on dirait une réplique en demi-portion de Madonna. C'est bien simple, elle me rend fou avec ses maniérismes à cinq cennes.

Faut que j'y aille maintenant. On présente un film avec Tom Cruise à la télé. Après les vidéoclips de fin de soirée, le cinéma est ce que j'aime le mieux à la télé.

Je te laisse,
Terry

Le 2 mai

Cher Bruce Springsteen,

C'est encore moi. Je *tripe* là-dessus, franchement. Jamais j'aurais pensé en avoir si long à raconter. Et tant pis si ton stock de correspondance s'empile de plus en plus haut et si ma lettre te parvient pas avant des mois!

C'est en train de devenir presque comme un journal. Jerkins a déjà qualifié un texte que j'avais écrit de «diarrhée verbale». Faut pas croire ça, mon gars. Il se pensait bien fin en disant ça, le gros tas de lard.

Mais je devrais en venir à la raison qui m'a donné envie de t'écrire au tout début. Je veux toujours te la dire, mais je passe mon temps à remettre ça à plus tard.

Depuis le temps, tu dois bien te demander où se cache mon paternel, non? Je t'ai pas encore parlé de lui. Eh bien, ça fait autour de six mois qu'il est parti — quelque part. J'ai ma petite idée de l'endroit où il peut être, mais j'en suis pas vraiment certain. Maman le sait peut-être, quoique ça me surprendrait. Et j'sais plus trop si ça lui importe encore de le savoir.

Ça faisait déjà un grand bout de temps que les choses allaient plutôt mal entre eux autres. En fait, aussi loin que remontent mes souvenirs, ils se sont toujours disputés régulièrement. Y a même des fois où c'était pas beau à entendre, bien que ce soit jamais allé plus loin que les mots. Mais le dernier mois avant qu'il parte, ç'a commencé à empirer. Jusqu'au jour où, à mon retour de l'école, maman m'a annoncé, comme ça, qu'il était parti. J'ai pensé qu'elle voulait dire pour quelques jours, histoire de se chercher du travail, mais non, ce qu'elle voulait dire, c'est qu'il avait pris ses cliques puis ses claques et qu'il avait levé l'ancre pour de bon. J'savais pas quoi dire.

J'ai cru que peut-être, une fois refroidis chacun de son côté, ils se mettraient à y repenser, et qu'ils essaieraient de revenir ensemble. Mais c'est pas arrivé.

Elle m'a jamais expliqué clairement pourquoi il avait pris le bord de même. J'ai ma petite idée, mais je lui en parle pas. J'ai l'impression qu'il sortait avec une autre femme. Je voudrais bien que ce soit pas vrai, mais j'suis pas mal certain de ce que j'avance. Et j'ai comme l'impression que je pourrais même savoir où le trouver. Papa connaît le propriétaire d'un club, à Callum, le BJ, et ce gars-là a déjà invité le groupe à y jouer. C'était seulement pour faire plaisir à mon père parce que c'est surtout des groupes rock qui se produisent là. La semaine après, j'ai entendu mon père parler au type en question au téléphone et, juste avant de raccrocher, il a demandé des nouvelles de cette personne, Charlène qu'elle s'appelle.

J'ai oublié de te dire que mon père jouait dans un groupe. En fait, j'avais pas vraiment oublié: je gardais ça pour le moment propice. C'était pas un groupe rock. Ils en jouaient bien un peu, mais ils se spécialisaient dans le country, parce que c'est la seule musique qui a quelque chance de succès autour d'ici dans les clubs. De toute façon, y avait jamais une bien grosse demande pour leurs services en semaine. Parfois y avait même pas ça. Ils jouaient pas mal de Waylon Jennings et George Jones, du Ricky Scaggs, ce genre de trucs. De temps en temps, il leur arrivait de glisser un peu de rock à travers ça, selon le public. Je les ai même entendus jouer *Cadillac Ranch* pendant une pratique. Un vrai massacre! T'aurais grincé des dents toute une semaine si t'avais été là. Je peux plus entendre cette chanson-là sans y repenser.

Je sais qu'il aurait aimé faire de la musique à longueur de jour, mais y avait tout simplement pas assez de demande pour faire vivre un groupe de quatre musiciens à temps plein. Je dis pas, s'il y avait plus d'argent en circulation aux alentours, peut-être! Mais avec le taux de chômage qu'on a par ici, les clubs ont pas les moyens d'engager des musiciens sur semaine. S'ils s'étaient essayés dans des villes plus grandes, peut-être qu'ils auraient pu s'en sortir pas pire. Mais deux des ex-partenaires de mon père travaillent pour une compagnie de construction à White Falls, et ils étaient pas prêts à renoncer à leur emploi. De toute façon, d'après moi, le groupe était pas assez bon pour réussir. Même le paternel a cessé de s'en faire accroire après un bout de temps.

À part ces petits engagements-là, mon père se trouvait aussi d'autres emplois quand il pouvait. Avant que les mises à pied commencent, il travaillait au moulin; il était affecté à la boutique d'entretien de l'équipement lourd. Après ça, il a généralement eu assez de chance pour se faire embaucher ici et là, quelques semaines à la fois, de façon à être éligible à l'assurance-chômage avant l'hiver. C'est arrivé seulement une couple de fois qu'on soit obligés de recourir au B.S. Entre autres, juste avant qu'il parte.

Maman en avait assez de vivre comme ça — sans jamais savoir d'un mois à l'autre combien d'argent on aurait. Papa blâmait le gouvernement:

— Ces gars-là se foutent de nous autres, par ici.

Maman le harcelait pour qu'on déménage, pour qu'on retourne dans l'Ouest, où on habitait avant. Lui, il voulait rien savoir.

— J'suis né ici, qu'il disait, et j'aime ça, vivre ici; c'est au gouvernement de s'arranger pour que la ville meure pas de sa belle mort et qu'elle soit pas oubliée à tout jamais.

Il a raison, je suppose. De toute façon, ça fait plus grande différence maintenant qu'il est plus là. Faut croire qu'il aimait pas ça tant que ça, ou alors il serait pas parti.

Qu'est-ce que t'en penses, qu'il soit parti? Moi, c'est sûr, ça m'achale encore. J'peux pas dire que lui et moi on a jamais été vraiment proches. On a jamais passé assez de temps ensemble. Reste que c'est quand même mon père. Et quand il était ici, on courait la chance de se rapprocher l'un de l'autre, au moins.

J'sais pas. Je réfléchis beaucoup à ça. J'espère qu'il va revenir. Même que j'y compte.

Désolé d'avoir eu la langue (la plume) si bien pendue.

Vaut mieux que j'y aille; à la revoyure,
Terry

Le 4 mai

Cher Bruce Springsteen,

J'sais bien que j'ai pas vraiment le droit de me décharger le cœur sur toi de toutes ces confidences personnelles. J'y ai réfléchi hier après que j'ai eu mis ma dernière lettre à la poste. « J'suis probablement en train de faire un fou de moi, que je me suis dit. V'là que je raconte ma vie sur le long et sur le large à quelqu'un que j'ai même jamais rencontré. »

Mais en y réfléchissant un peu plus, j'ai eu l'impression de te connaître, ou presque. Tout ce qui a été écrit sur toi, pour autant que j'aie pu mettre la main dessus, je l'ai lu. À la bibliothèque, j'ai épluché des copies de

Rolling Stone qui datent de six, sept ans. J'ai dévoré trois gros bouquins qui parlent de toi, trois fois chacun. Je fais jouer ta musique à cœur de jour (mon gars, c'est rendu que ma radio-cassette *recrache* pour ainsi dire toutes les cassettes qui sont pas de toi).

Et, dans un sens, t'es une sorte de lien entre mon père et moi. Pour mon quatorzième anniversaire, vois-tu, papa m'a donné une cassette de toi. Et c'est trois semaines après qu'il est parti.

C'était la première fois qu'il se donnait la peine de m'offrir un cadeau en son nom personnel. Habituellement, je recevais quelque chose de la part de mes deux parents. Je l'entends encore:

— Y est à peu près temps que tu dépasses le stade du *heavy metal*. Écoute donc quelque chose qui en vaut la peine pour faire changement.

Il m'a tendu la cassette et il en a plus jamais reparlé.

Je savais qu'il écoutait ta musique pas mal souvent. Pas tellement à la maison, remarque, plutôt quand il était au volant de la vieille camionnette qu'on avait, dans le temps. Donc surtout quand il était tout seul. Un jour qu'on se baladait tous les quatre, il a mis *Nebraska*, mais maman lui a demandé de l'enlever parce que, selon elle, c'était trop déprimant.

— Tu connais pas ce que c'est, de la bonne musique, qu'il a grogné en enlevant la cassette.

— Tant qu'à dépenser de l'argent qu'on n'a pas pour acheter de la musique, qu'elle a rétorqué, vaudrait mieux le dépenser pour quelque chose qui nous mette de bonne humeur.

Il a fait comme s'il avait pas entendu.

Sauf qu'après ça, il a plus jamais fait jouer de tes chansons quand maman était dans les parages. Mais je sais que les cassettes étaient pas mal usées. Même qu'elles avaient leur cachette spéciale dans la camionnette. Une fois qu'on s'en allait tous les deux chercher des meubles d'occasion qu'on avait achetés, il a mis *The River*. La seule chanson que je connaissais sur cette cassette, c'était *Hungry Heart*. Comme tout était pas mal tranquille entre nous deux, je lui ai dit, comme ça, qu'elle me plaisait, cette chanson-là. Il m'a avoué qu'il l'aimait, lui aussi, qu'il en aimait les paroles.

J'ai pas tellement repensé à ça, moi, jusqu'à ce qu'il ait été parti. C'est alors que je me suis acheté la cassette et que je me suis mis à porter attention aux paroles. Le paternel a le cœur affamé.

Bon, voilà. Tu connais maintenant quelques-unes des raisons qui me poussent à t'écrire ces lettres folles. Mais ça va plus loin que ça. J'ai des rêves sur ce que j'aimerais faire quand je serai plus vieux.

Faut continuer à rêver, pas vrai?
Terry

Le 9 mai

Cher Bruce Springsteen,

J'ai quelque chose de nouveau à te dire: tu te rappelles ce que je t'ai raconté l'autre jour à propos de ma mère? Qu'on s'entendait bien, et tout et tout? Eh bien, tu peux oublier ça.

Ça fait des mois qu'elle me chiale après pour que je relève ma moyenne de maths, de façon que je puisse au moins avoir la chance de passer mon année. Je peux pas monter en dixième si j'échoue en maths.

Elle est encore revenue à la charge tantôt:

— Je le sais que t'es capable. Tout ce que t'as à faire c'est de te mettre dans la tête d'essayer. Cinquante pour cent, c'est quand même pas la mer à boire.

Elle a raison. J'sais bien que je pourrais si je m'y mettais. C'est juste que ça m'intéresse pas, surtout avec Jerkins comme prof!

— Je te propose un marché, que je lui ai répondu.

— Vas-y.

— Je vais passer mes maths et, quand on en aura les moyens, tu vas me prêter cinquante piastres.

Elle a eu un petit sourire amusé, l'air de penser que je disais ça à la blague.

— Pour quoi faire?

— Avec ça, plus les économies que j'ai déjà, je vais pouvoir m'acheter une guitare électrique d'occasion et un ampli.

Sur le coup, elle a rien dit. Mais, rien qu'à voir le regard qu'elle m'a jeté, j'ai compris que ça lui faisait pas plaisir. Au bout de quelques secondes, elle a soupiré:

— Jamais je croirai que tu pourrais pas trouver un meilleur usage à faire de cet argent.

— Je te demande pas de me le donner. Seulement de me le prêter.

— Pas question. Ce serait du gaspillage pur et simple. Et d'abord, tu sais pas jouer.

— Ça s'apprend. Je pratique sur la vieille guitare acoustique de papa depuis quelque temps.

— Je le sais.

— Bon, et alors?

— Eh bien, tu penses pas que j'en ai eu assez de ces histoires-là, moi? Ton père a gaspillé sa vie à s'imaginer qu'il pouvait faire vivre sa famille en jouant dans un groupe!

— Qui est-ce qui te parle de jouer dans un groupe?

— Moi. Et ça sera pas long que tu vas te mettre à en parler, toi aussi.

— Bon, ben, laisse donc faire, d'abord! que je lui ai lancé en me levant de table. J'en veux pas de ton argent. Je m'en trouverai bien ailleurs, par mes propres moyens.

Et je suis sorti de la cuisine.

— Terry, écoute-moi.

Maintenant qu'il était trop tard, elle essayait de parler d'un ton plus raisonnable, plus nuancé, mais je me suis enfui dans ma chambre et j'ai claqué la porte.

Au bout de quelques minutes, elle vient y frapper. Comme je réponds pas, elle l'entrouvre tout doucement, et elle risque un œil.

— Tu sais, Terry, si c'était pour autre chose...

— Je t'ai dit que tu peux le garder, ton argent de malheur!

— T'essaies pas de comprendre mon point de vue.

— T'essaies pas de comprendre le mien non plus.

Mais la voilà qui gueule tout à coup:

— Tu sais comment ton père était! T'imagines-tu quelle sorte de vie ç'a été pour moi?

Elle se rend compte qu'elle crie et elle se tait brusquement. Puis elle reprend:

— Et moi, dans tout ça, hein? Tu penses que c'est juste? Demande-toi donc ça, pour voir!

— Mais quoi, tu t'es mariée avec lui, non?

— Ouais, pour que tu puisses avoir un père!

Là, il y a eu un grand silence. Je la regardais fixement. Ç'a pris un bon bout de temps avant que ses dernières paroles s'enregistrent bien comme il faut dans ma tête.

C'est là qu'elle est entrée carrément dans la pièce. Elle s'est approchée de mon lit.

— Excuse-moi, Terry. Je voulais pas que ça sorte comme ça.

— Alors, c'est pour ça que tu l'as épousé?

— Non, c'est pas pour ça. On s'aimait à l'époque. Assez pour se marier.

Je pense qu'elle m'en aurait dit plus long si j'étais resté. Mais je me suis levé et j'suis sorti de la chambre. Le temps de prendre mon blouson dans la penderie du couloir et j'étais dehors.

Une façon comme une autre de mettre fin à une conversation.

Je me dis maintenant que j'aurais dû en profiter pour tirer quelques petites choses au clair. Lui demander, par exemple, ce qu'elle pense de lui, aujourd'hui; et savoir si elle aimerait ça qu'il revienne vivre avec nous.

J'avais la rage au cœur. Je m'en voulais, surtout, d'avoir été trop stupide pour y penser avant. Mais non, jamais ça m'était passé par la tête. Ç'aurait dû, pourtant.

C'est pas que ça change grand-chose, au fond. Elle demeure ma mère, et lui, mon père. Ce que je j'arrive pas à comprendre, c'est comment ils ont pu rester ensemble aussi longtemps. Que quelqu'un me donne la réponse à cette question-là!

Tu parles d'une façon de finir une lettre!

Je t'avertis, tu vas en avoir plus que pour ton argent si tu prends la peine de t'intéresser à ce merdier!

Terry

Le 22 mai

Cher Bruce Springsteen,

Devine combien j'ai eu pour le test de maths que le prof nous a rendu aujourd'hui? Soixante et onze pour cent! Je le dirai pas à maman et je lui reparlerai plus jamais d'argent non plus. C'est par dépit, sans doute, que j'ai étudié. Quand Jerkins m'a tendu ma copie, il m'a lorgné d'un œil noir, l'air de penser que j'avais triché. J'aurais bien voulu qu'il dise quelque chose! Il aurait vu de quel bois je me chauffe.

Maman et moi, on s'est pas encore remis de notre prise de bec de l'autre fois. On a encore les nerfs à vif tous les deux. Elle essaie de me flatter dans le bon sens du poil en faisant des petites remarques qui sont censées me remonter le moral. Moi, j'essaie de donner le change, histoire qu'elle pense que ça me fait plus rien, ce qu'elle a dit.

J'ai pratiqué pas mal sur la vieille guitare. Pas fameux comme instrument. Le paternel a pas dû se ruiner quand il l'a achetée, et ça doit bien faire une vingtaine d'années déjà.

J'ai pris l'habitude de rester après la classe, deux après-midi par semaine, pour aller aux cours de Kirkland. Kirkland, c'est le prof de musique à l'école, et il donne des leçons de groupe à tous ceux qui sont intéressés à jouer de la guitare. J'en ai déjà appris pas mal. Il prétend que j'ai du potentiel. J'suis bien content de le savoir.

J'ai fait aussi pas mal de musique à la maison et, une couple de fois, je suis allé chez John, et on a pratiqué quelques «tounes» ensemble. John, c'est un gars que j'ai rencontré aux cours de Kirkland. Je le connaissais déjà un peu (il était dans ma classe l'an dernier), mais depuis quelque temps, on se tient ensemble pas mal. C'est un gars bien correct. Ça le dérange pas que les autres pensent (sans doute) que j'suis bizarre. Ce type-là, en fait, y a pas grand-chose qui le dérange vraiment. Il aime bien faire des blagues, c'est un vrai boute-en-train. Des fois, j'aimerais ça être un peu plus comme lui.

On a comme sympathisé du premier coup, lui et moi. Il a une vraie belle guitare

Yamaha. (Faut dire que son père possède un commerce de meubles, alors ils ont pas mal de foin dans la famille.) Avant d'aller au cinéma hier soir, on a pratiqué *Dancing in the Dark*. John aime bien ta musique. Il en est pas dingue comme moi, mais c'est pas grave, parce que si elle me fait tant *triper*, moi, c'est que je sais des choses à ton sujet que personne d'autre connaît.

Laisse-moi te dire que le sang coulait solide dans le film qu'on est allés voir. Tous ceux qui en parlaient à la sortie avaient l'air d'avoir adoré ça. Y en a qui raffolent de voir le monde se faire péter la cervelle. Ou se faire rentrer des lames de trente centimètres dans le ventre. Moi, honnêtement, ça m'a pas pâmé. On en a discuté avec John ensuite. Je lui disais que tout ça, pour moi, ç'avait même pas l'air très vrai.

— Mais c'est seulement un film, Terry! Personne est censé penser que ça pourrait vraiment se passer de même.

Il a peut-être raison; peut-être que je réfléchis trop. Mais c'est plus fort que moi, j'suis comme ça.

Tu veux savoir? C'est rendu que ça me fait plus ni chaud ni froid si ce que je pense sur tel ou tel sujet est différent de ce que tous les autres en pensent. J'sais bien que, plus souvent qu'autrement, j'suis en dehors des rangs mais, comme j'expliquais à John, je passe pas mal de temps tout seul. Je peux rester des heures étendu au bord de la rivière, à écouter de la musique en pensant à rien d'autre qu'à des trucs que j'ai envie de faire plus tard. Entre autres projets, ça me tente vraiment de rouler ma bosse un peu partout dans le monde, histoire d'aller voir comment ça se passe ailleurs.

Veux-tu que je te dise autre chose? Maman a raison: c'est vrai que j'aimerais ça jouer dans un groupe. Même que je pense pouvoir convaincre John d'ici quelque temps. En tout cas, je manque pas une occasion d'amener le sujet sur le tapis. Lui, il est pas trop certain qu'on pourrait réussir, mais je finirai bien par le persuader. Simple question de temps. Qui on pourrait embarquer avec nous, et à quel point on serait bons? J'en ai pas la moindre idée. Mais si on essaie pas, on le saura jamais, pas vrai? Moi, en tout cas, c'est de même que je vois ça.

À propos, on a regardé *The Buddy Holly Story* l'autre soir, sur le magnétoscope qu'ils ont chez John. Je mourais d'envie de voir ça depuis que j'ai lu à quel point ça t'avait plu. Formidable! Si on veut réussir dans la vie, faut commencer par croire en soi-même, pas vrai? Parle-moi de ça, un film qui sonne vrai!

Lâche pas,
Terry

Le 29 mai

Cher Bruce Springsteen,

J'ai décidé que j'en avais assez! Y a toujours ben un boutte à ce qu'un gars peut endurer. Cet air bête-là, il a fini de m'en faire arracher.

Ç'a commencé l'autre jour quand j'ai décidé de porter un bandeau à l'école. C'était rien qu'un morceau de tissu que j'avais taillé dans la manche de mon vieux blouson en denim. Y en a quelques-uns qui m'ont lorgné de travers, ce à quoi je m'attendais, parce qu'en ce qui concerne la tenue vestimentaire, le monde à l'école est superconventionnel. Suffit d'une petite différence de rien du tout pour se faire dévisager comme si on avait sept têtes. Ça, j'suis capable de le prendre.

Mais pendant le cours de maths, voilà Jerkins qui m'apostrophe tout à coup:

— Dis donc, Blanchard, t'as besoin de quelque chose pour empêcher ta cervelle de couler, maintenant?

Moi, je fais comme si j'avais rien entendu. Alors il insiste:

— Allez, enlève-moi ce truc idiot de sur ta tête.

Mais je continue de l'ignorer royalement. C'est alors qu'il se met à louvoyer comme un serpent, insistant pour que je l'enlève parce que c'est un couvre-chef et qu'il y a un règlement à l'école qui défend d'en porter en classe. Je te l'ai déjà dit, ce gars-là, il a des problèmes. Je proteste:

— C'est pas un couvre-chef. Je le porte au front, pas sur le dessus de ma tête.

— Je te le répète, Blanchard: enlève-moi ça tout de suite. Tu déranges la classe.

Il a le front de me dire ça, tu t'imagines? Je sais pourquoi il me tombe dessus comme ça. Il a une dent contre moi, et il sera pas satisfait tant qu'il m'aura pas vu souffrir. Il pense encore que j'ai triché à l'examen de maths.

— Laura porte bien quelque chose sur sa tête, elle, et vous lui demandez pas de l'enlever.

Laura occupe un pupitre devant moi dans la rangée voisine. Elle a toujours des coiffures farfelues. En ce moment, ses cheveux sont retenus par un bandeau dont émerge un j'sais-pas-trop-quoi rose vif de forme fantaisiste. Remarque, j'suis pas trop sûr de mon affaire en sortant cet argument-là; me comparer à une fille, tu comprends, c'est un peu comme courir après le trouble.

Comme de fait, Jerkins me manque pas là-dessus:

— Ça? Mais c'est pas la même chose, voyons. Portes-en un pareil si ça t'amuse. D'ailleurs, je suis certain que Laura se ferait un plaisir de te prêter le sien. Comme tu serais mignon avec ça!

Toute la classe s'esclaffe, évidemment, et Jerkins me gratifie d'un sale rire méprisant. Puis il me sert un ultimatum:

— Enlève-moi ça tout de suite, ou sors de ma classe.

« Dans l'c..., bonhomme! » que je lui envoie mentalement.

Mais je garde mon sang-froid. Je me lève et, debout près de mon pupitre, je prononce d'une voix très calme:

— J'aimerais voir le règlement qui dit que je peux pas porter ça.

— Joue pas au plus fin avec moi, Blanchard.

— Très bien, alors, je vais aller voir le directeur moi-même, histoire d'en avoir le cœur net.

Là, je sais qu'il faut faire bien attention. Si je me fâche ou si je perds mon calme, je peux tout foutre en l'air.

Il le prend pas. Je vois le sang lui monter au visage.

— Dans cette classe, qu'il beugle en chargeant vers moi, c'est moi qui fais les règlements. Assieds-toi!

— Vous venez de me dire de sortir.

— Assieds-toi ou c'est moi qui vais t'asseoir!

Il esquisse un geste en direction de ma tête.

— Je toucherais pas à ça si j'étais vous, que je lui dit en le foudroyant du regard.

Sa main s'arrête. Et il a beau essayer de me couler à nouveau son sale rire méprisant, c'est déjà plus pareil.

Il me regarde encore un petit moment, puis traverse l'allée en sens inverse et quitte la classe sans un mot.

Je me rassois. Mais personne d'autre ne fait le moindre mouvement. J'entends quelques gloussements venant du fond de la classe.

Au bout de quelques minutes, Jerkins rapplique et va s'asseoir à son pupitre.

— Au travail, tout le monde, ordonne-t-il, sans regarder personne en face, se contentant de promener les yeux par toute la classe. Et que j'en n'entende pas un faire le moindre bruit!

Après environ une minute, il jette les yeux sur moi:

— Blanchard, tu peux garder ce truc sur ta tête pour le moment. Ça se pourrait que tu en aies besoin d'ici la fin de l'année, comme bandage.

Quelques rires fusent. Pas beaucoup.

Mon gars, je sais que je l'ai touché au vif.

J'sais même pas s'il est vraiment allé voir le directeur. Tout ce que je sais, c'est qu'il m'a plus jamais achalé avec mon bandeau depuis. Et je l'ai porté à l'école tous les jours.

Et maintenant, j'ai bien hâte de savoir ce qu'il va dire du nouveau « look » de ma tignasse. Je me suis coupé les cheveux courts et je les ai teints, histoire de les pâlir un peu. Ils sont presque blonds, maintenant. Moi, je les trouve super comme ça — ils me donnent l'air différent, en tout cas. Ça faisait des semaines que j'y pensais; mais il a fallu l'incident du bandeau pour que je me décide: c'est la goutte d'eau qui a fait déborder le vase, quoi! Ça m'a donné le cran de mettre mon projet à exécution.

J'ai préparé une bouillie avec du peroxyde, du jus de citron et de l'huile minérale. Je me suis lavé la tête, puis je l'ai enduite de ma préparation et je suis sorti au soleil. Une fois secs, mes cheveux étaient un peu plus pâles, mais pas encore assez à mon goût. Alors j'ai recommencé le traitement mais cette fois, comme le ciel s'était ennuagé, je m'en suis donné à cœur joie avec le séchoir à cheveux. Et ç'a marché!

On s'habitue pas tout de suite, c'est certain. Faut que je me regarde à deux fois dans le miroir chaque fois que je vais aux toilettes. Je pense que ça me va bien. Mes cheveux ont jamais été vraiment foncés de toute façon. Brun sale, plutôt. Eh bien maintenant, ils sont blond sale.

John est venu faire un tour et, quand il m'a vu, il s'est tordu de rire. Il m'a dit que j'avais l'air complètement parti.

— Tiens, que je lui ai dit, il m'en reste, de ma bouillie pour les cheveux. Je te la donne.

Il a fait un petit signe de tête, l'air de dire qu'il y songeait sérieusement. Moi je l'ai encouragé:

— Vas-y, gêne-toi pas.

Et j'ai attendu qu'il se décide. Mais pas question de ça pour lui. Et je sais pourquoi, même s'il refuse de l'admettre: il a peur que ses parents piquent une crise en le voyant.

Pas moi. Quand maman est rentrée, c'est à peine si elle a sourcillé.

— Et tu dis qu'Amanda est folle! qu'elle m'a dit.

Je m'en fous.

Pas de panique,
Terry

Le 30 mai

Cher Bruce Springsteen,

Jerkins m'a pas reconnu tout de suite. Et quand il a fini par comprendre que c'était moi, il a été pris de court. Il savait pas quoi faire. Comme si les circuits dans sa tête s'étaient enchevêtrés.

Il a pas dit grand-chose. Il a seulement laissé tomber, comme ça:

— C'est là qu'on va savoir si les blonds ont plus de plaisir.

Pour ce que ça peut vouloir insinuer!

Qu'est-ce qu'il aurait pu dire, au fond? Aucun règlement à improviser cette fois-ci. J'aurais quand même pas détesté qu'il essaie. En fait, j'attendais rien que ça pour porter la cause devant le directeur.

Mais t'aurais dû lui voir la face! On aurait juré qu'il venait d'aspirer à plein nez une bonne bouffée de pourriture. Après le cours, je lui ai décoché un petit sourire en passant la porte. Rien que pour tourner un peu le fer dans la plaie. Il m'haït encore plus, maintenant.

En toute jouissance,
Terry

Le 2 juin

Cher Bruce Springsteen,

Y a des gens qui me regardent et, rien que parce que j'essaie pas d'agir comme eux autres, ils s'imaginent que mes cellules grises tombent en putréfaction. Ils me prennent pour un gars pas trop brillant.

J'ai l'impression que je dois avoir en tête bien des sujets de préoccupations que les autres ont pas. Je croise des gens dans la rue, et ils me regardent comme si j'étais pas là. Quand je les reconnais, je leur souris mais, une fois sur deux, ils passent leur chemin comme s'ils m'avaient même pas vu. Sauf que maintenant, ils rigolent parfois, rapport à mes cheveux.

J'suis capable de le prendre. Avant, je m'en faisais à l'idée que le monde pouvait me croire excentrique. Mais comme je t'ai expliqué l'autre fois, il peut bien penser ce qu'il voudra, ça ne me fait plus trop grand-chose, maintenant.

Je passe encore beaucoup de temps tout seul dans ma chambre. Ma chambre n'est pas un modèle de propreté. Maman passe son temps à m'achaler pour que je fasse le ménage. Y a une vieille télé noir et blanc qui marche plus, que j'ai défaite pour essayer de la réparer (sans succès), et que j'ai pas remontée. Autour de ça, y a aussi plein de jouets à la traîne qui gisent un peu partout depuis quatre ou cinq ans: des modèles à coller, voitures, camionnettes, etc., dont certaines pièces se sont détachées. Je devrais nettoyer ce désordre, mais c'est comme si je venais jamais à bout de m'y mettre. Y a des choses que je devrais jeter, comme cette bouteille de Pepsi qui trône sur ma commode, dont le goulot fondu a été tout déformé. J'avais gagné ça dans une foire, un été qu'on était en vacances, toute la famille.

Ma chambre est pas très grande. C'est à peine s'il y a de la place pour le lit et la commode, sans parler de toutes les autres traîneries. Le seul coin qui soit à peu près convenable, c'est l'endroit où je range ma radio et mes cassettes. J'ai placé la radio à côté de mon lit, près de la fenêtre, pour que le fil de l'antenne puisse sortir au dehors. J'ai une bonne réception, surtout la nuit. C'est la nuit qu'ils font jouer la meilleure musique, de toute façon.

Je passe beaucoup de temps dans cette pièce, à écouter de la musique, la plupart du temps avec mon casque d'écoute. C'est comme ça que je fais mes devoirs. Quelquefois, mon casque sur les oreilles, je m'étends et je m'amuse à faire un peu d'exercice avec mes poignées à musculation. C'est dans ce même coin que je garde mes revues de guitare, et mes *Rolling Stone*. Je les achète à bon prix à la librairie d'occasion. J'ai aussi quelques livres de poche.

Ma fenêtre donne sur un stationnement. Rien là de bien excitant. Sauf qu'un soir, la semaine dernière, y a des types qui sont arrivés dans une Camaro. Y était déjà tard et ils se sont garés dans le recoin le plus sombre du stationnement. J'suis certain qu'ils sont venus là pour fumer du pot. Après une petite heure, ils ont levé l'ancre en riant comme des fous. Je les entendais, ils avaient baissé les fenêtres. Peut-être qu'ils avaient des filles avec eux. C'était peut-être pas seulement avec de la drogue qu'ils s'amusaient.

Les filles. Voilà un sujet auquel je pense souvent. Bien que je puisse pas dire qu'elles soient au centre de mes réflexions. Certains types de ma classe ont des petites amies; moi, ça m'intéresse pas. Je me dis que j'ai du temps en masse pour ça. Et puis, j'aurais pas assez de cran pour demander à une fille de sortir avec moi. Quand je vais aux danses de l'école, je colle plutôt à la cantine ou alors je m'assois dans un coin pour écouter la musique. Y a des filles qui m'invitent à danser de temps en temps. Pas les plus populaires, bien sûr, mais je vais quand même pas m'en plaindre, non? J'suis pas exactement l'idole cinq étoiles de la jeunesse, moi non plus!

Y a bien une ou deux filles, comme ça, sur qui j'ai un œil. Y en a une qui s'appelle Joanne; elle est très gentille. Mais ça va pas plus loin que ça — que mon œil. Je pourrais, si je voulais, me forcer à en inviter une à sortir. J'en ferais probablement une dépression nerveuse, mais je serais sans doute capable si j'y tenais vraiment. Je me dis que ça vaut pas la peine. Ce qui m'empêche pas d'y penser, de m'imaginer toutes les choses que je ferais si j'étais pas si constipé avec les filles. Un jour je vais surmonter ça. (Mais retiens pas ton souffle.) Je me rappelle avoir lu quelque part que t'avais de la misère avec les filles quand t'avais mon âge. Et dire que t'es marié, aujourd'hui! Faut croire que quelque chose a changé, non?

John a pas de petite amie non plus, sauf qu'il aimerait bien en avoir une: c'est à peu près rien que de ça qu'il parle. Y a deux ou trois filles qui le trouvent à leur goût et qui passent leur temps à l'appeler. J'ai pas ce problème-là. Chez nous, à part les quelques fois où Amanda s'en sert, le téléphone est comme mort.

— C'est étrange, me faisait remarquer John, y a des filles avec qui c'est formidable de jaser. Mais y en a d'autres qui s'accrochent après la ligne et qui lâcheraient jamais prise si je leur faisais pas mon boniment des devoirs à finir ou de quelque autre fable du genre.

Je connais sans doute pas ma chance!

C'est l'heure de raccrocher,
Terry

P.S. Mais à d'autres points de vue, je pense que je le réalise, à quel point j'suis chanceux. Juste avant de commencer ma lettre, j'suis allé chercher du lait à l'épicerie du bout de la rue. Mme Smith était devant moi à la caisse, avec quelques-uns de ses enfants. (Les Smith, rappelle-toi, ceux qui sont passés au feu.) Elle avait les bras chargés de provisions et, quand est venu le moment de payer, il lui manquait à peu près cinquante cents, et il a fallu qu'elle remette quelque chose. Ça m'a vraiment fait mal au cœur. Juste à voir leur expression, on s'aperçoit qu'ils vivent une période bien difficile, dans cette famille-là.

Le 4 juin

Cher Bruce Springsteen,

Mise à jour éclair sur la question des filles.

J'étais dans le couloir à l'école, ce matin, quand, à un moment donné, une fille s'approche de moi et m'aborde:

— J'aime tes cheveux. Lâche pas. T'as du cran.

Et elle poursuit son chemin.

Ça m'a tellement saisi que j'en suis resté la bouche toute grande ouverte. J'ai viré cramoisi, bien sûr. J'ai pas eu le temps de rien dire. De toute façon, je vois pas ce que j'aurais pu sortir de très brillant. Car enfin, qu'est-ce que j'aurais bien pu répondre? J'ai pas encore trouvé.

Mais c'est pas tout: la même fille m'a téléphoné tout à l'heure. Je l'ai reconnue tout de suite. Elle aurait pas eu besoin de se nommer, mais elle l'a fait quand même. Kristine, qu'elle s'appelle.

— Avec un K, précise-t-elle.

Elle me raconte alors qu'elle veut seulement s'excuser, au cas où elle m'aurait embarrassé ce matin dans le couloir.

— Mais je le pense réellement: c'est formidable, ce que tu t'es fait à toi-même.

Mais voilà que je me mets à bafouiller et à bredouiller, moi, à mon bout de la ligne, comme si j'avais une patate chaude dans la bouche. Je dois lui donner l'impression d'être un parfait imbécile.

— Bon, eh bien, va falloir que j'y aille, m'annonce-t-elle ensuite. Mais est-ce que ça te tenterait qu'on se rencontre une bonne fois, par exemple pour manger un hamburger ensemble? C'est moi qui t'inviterais.

J'ai répondu:

— Non, c'est correct. Je veux dire, bien sûr que j'aimerais ça. Mais je peux payer. Mais si tu veux vraiment, alors ça me fait rien, d'accord?

Tu piges? J'ai foiré, royalement foiré! Je me serais pas senti plus mal si j'avais avalé le récepteur. Quand elle a raccroché, j'ai eu envie de me botter le derrière pour toutes les sottises que je lui ai envoyées.

Et maintenant, qu'est-ce que je fais? Ce que je devrais faire, c'est la rappeler et essayer de lui prouver que j'ai une cervelle. C'est ça que je *devrais* faire, je dis bien. Mais je le ferai pas. Je manque de courage. Pas ce soir. Demain soir, peut-être? Mais alors, il sera possiblement trop tard. J'imagine quelles pensées tordues sont en train de s'insinuer dans sa tête à mon sujet. « Non mais quel couillon, ce gars-là! qu'elle doit se dire. Même pas capable de tenir une conversation intelligente au téléphone. » D'ailleurs, je parie que si je me décide à la rappeler, je vais foirer encore une fois et là, c'est certain, elle va penser que mes circuits sont en dérangement.

Je vais dormir dessus,
Terry

P.S. (*une heure plus tard*) Le problème, c'est que j'suis pas capable de dormir dessus. Pas moyen de dormir. Un point, c'est tout.

Le 6 juin

Cher Bruce Springsteen,

Je t'écris pendant un cours de maths. On a une suppléante à la place de Jerkins, et c'est censé être une étude.

J'ai revu Kristine à l'école aujourd'hui. Elle est passée près de moi dans le couloir, sans rien dire, mais elle souriait presque. Moi aussi, d'ailleurs. J'espère qu'elle l'a remarqué.

Faut que je lui téléphone. C'est la seule façon de lui parler en privé. Si j'essaie de l'aborder à l'école, j'aurai toujours peur que quelqu'un se montre le bout du nez. Et avec quelqu'un d'autre dans les parages, je vais perdre tous mes moyens, alors autant oublier ça.

Ce soir. Je jure que je vais l'appeler ce soir. Sinon, vrai comme j'suis là, je t'écris la prochaine lettre avec du sang, le mien.

La suppléante me lorgne d'un drôle d'œil. Je fais mieux d'arrêter ça là, avant qu'elle se mette dans la tête de venir rôder par ici. Car si elle aperçoit ma lettre, je serai dans tu-sais-quoi jusqu'au cou.

Six heures plus tard :

Pas de sang. Pas de coup de téléphone non plus, mais pas de sang.

J'ai appelé, mais la ligne était occupée.

Une heure que ça m'a pris avant de me décider. Je composais les six premiers chiffres, mais je raccrochais avant d'en arriver au dernier. Ça faisait une bonne douzaine de fois que je reprenais le processus quand Amanda s'est mise à cogner dans la porte (faut dire que je m'étais enfermé dans la salle de bains avec le téléphone). Y a bien fallu que je sorte pour la laisser aller aux toilettes. Après ça, j'ai dû recommencer à zéro: une torture, pure et simple. Même si j'avais écrit sur un bout de papier tout ce que je voulais lui dire.

À la fin, c'est devenu tellement insupportable que je me suis dit « Au diable! » et que j'ai composé le septième chiffre. Le cœur me cognait dans la poitrine et la sueur me dégoulinait de partout (la dernière fois que j'ai sué comme ça, c'est la fois où ils nous ont fait courir deux kilomètres et demi au cours de gymnastique). C'est là que j'ai eu le signal occupé. En un sens, ça m'a soulagé. Sauf qu'il va falloir que je me retape toute la gamme des émotions, maintenant!

Ça me donne un petit répit de t'écrire. Quelque chose à faire de mes dix doigts. J'suis en train de devenir fou. Trop de tension pour mes moyens.

Dans un sens, tu sais, je m'en fous de l'appeler ou de pas l'appeler. Et tant pis si elle m'adresse plus jamais la parole! Par contre, si je veux être honnête, je dois avouer que non, je m'en fous pas. Pour une fois qu'une fille s'intéresse un peu à moi (et c'est la première), je serais bien fou de pas en profiter. Même si elle devait jamais plus me parler de toute sa vie, il faudrait au moins que je corrige l'image qu'elle a de moi. Lui montrer qui je suis en réalité. Qu'elle sache au moins ce qu'elle manque.

Une heure plus tard:

Voilà, c'est fait! Je lui ai parlé au téléphone. Pendant presque dix minutes. Enfin, sept ou huit. J'ai chronométré. Mais pour ce que ç'a donné... Laisse-moi te raconter comment ça s'est passé:

C'est son père qui répond.

— Est-ce que je pourrais parler à Kristine, s'il vous plaît?

— Encore pour toi, Kristine.

Aussitôt je me mets à penser qu'elle a déjà dû parler à une douzaine de gars pendant la soirée. C'est peut-être une maniaque des téléphones aux garçons, qui sait?

— Allô?

— Allô, c'est Terry. J'ai pensé t'appeler...

— Ah, allô! qu'elle répète, mais cette fois-ci, j'ai l'impression qu'elle est vraiment contente que ce soit moi (savoir, maintenant, si elle fait pas ça avec tous les gars qui lui téléphonent).

— J'ai pensé t'appeler, histoire de t'expliquer, à propos de l'autre soir. T'as dû me trouver réellement stupide.

— Mais de quoi tu parles?

— Tu sais bien, quand tu m'as proposé d'aller manger un hamburger. T'as dû me trouver pas mal idiot.

— Mais non, qu'est-ce que tu racontes?

— Mais oui t'as dû. Tu dis juste ça comme ça.

Pas de réponse. Ouais, vaudrait mieux changer de sujet avant de foirer encore une fois.

— En fait, ça me plairait beaucoup qu'on sorte manger un hamburger ensemble. Qu'est-ce que tu dirais de demain, vendredi? Huit heures? Si on allait au A et W? J'aime mieux ça que le McDonald, pas toi?

Les mots mêmes que j'ai sous les yeux.

— Je garde, demain soir.

Et voilà les problèmes qui commencent!

— Ah, bon.

— Si on remettait ça à samedi, hein?

— D'accord, pourquoi pas?

Mais ça me revient tout à coup: je dois aller chez John samedi soir; on va louer le vidéo du concert *M.U.S.E.*, auquel tu participais, au Madison Square Garden. C'est que la fichue cassette a pas été facile à obtenir! Trois semaines à l'avance qu'il a fallu la réserver. Et on l'a seulement pour une soirée. Alors, je me reprends très vite:

— Oupse! non, je peux pas. Je viens de me rappeler que j'ai déjà quelque chose au programme samedi soir.

— Bon, eh bien, dans ce cas-là, une autre fois, peut-être.

Le ton qu'elle a pris pour dire ça! Je sens tout de suite que mes chances de sortir avec elle sont en train de me filer entre les doigts. Je me secoue mentalement: « Vite, Terry, grouille-toi, fais quelque chose. »

— À bien y penser, Kristine, ça pourrait peut-être s'arranger pour samedi. Sept heures trente, ça t'irait?

Comme ça, y aurait vraiment pas de problèmes. Je pourrais aller chez John plus tard. Sauf que...

— Désolée, Terry, je serai pas libre avant neuf heures.

Les choses se corsent drôlement. Car les parents de John sortiront pas avant huit heures et demie, c'est certain. Et ça donne strictement rien d'essayer de regarder notre vidéo tant qu'ils sont là. Et puis, en fait, j'sais pas vraiment combien de temps on va rester au restaurant; d'un autre côté, ma mère va sans doute vouloir que je revienne à la maison avant onze heures quinze, vu qu'elle commence une période de quarts de nuit cette fin de semaine. Tout ça me trotte dans la tête tandis qu'à l'autre bout du fil Kristine attend ma réponse. Et plus je tarde, plus elle aura le temps de s'imaginer que j'ai pas vraiment envie de la voir.

— Dans ce cas-là, pourquoi pas dimanche?

— Non, pas dimanche, qu'elle fait, catégorique. Dis donc, si on laissait tomber jusqu'à une autre fois, hein? Rappelle-moi la semaine prochaine ou un autre tantôt, d'accord?

— D'accord.

J'ai royalement foiré. C'est évident.

C'est là qu'elle change de sujet: elle me demande à propos de rien si j'ai un chien. Merde! comme si j'avais rien que ça en tête, moi, en ce moment, les chiens. Je lui avoue que non, que j'en raffole pas précisément. C'est la pure vérité, d'ailleurs, mais voilà justement ce qu'il fallait pas répondre: je comprends après l'avoir écoutée pendant quelques minutes qu'elle, alors, elle les adore!

— Moi j'en ai un, un colley qui s'appelle Brandy.

— Ah, oui? je fais, comme si je venais de me découvrir une passion subite pour les toutous.

Alors elle me décrit quelques-unes des prouesses de Brandy qui peut, entre autres, la retrouver chaque fois qu'une certaine émission commence à la télé.

Je jette quelques autres: « Ah, oui? » expressifs, et je mets fin à cette palpitante conversation en concluant:

— Jamais je pensais que les chiens pouvaient être aussi fins! Je devrais peut-être songer à en avoir un.

— Bon, eh bien, je vais devoir te laisser, Terry. Mon père se lamente que je suis toujours au téléphone.

— Je comprends, je connais ça. Alors, salut.

Puis elle raccroche, et moi aussi. Sept minutes et demie au chronomètre.

C'est pas beau ça? Formidable, non? Un simple moron aurait pu faire mieux. Merde! je me suis vraiment fourré le doigt dans l'œil jusqu'au cou, cette fois-ci. Les filles, c'est encore trop pour mes moyens.

Et alors? Qu'est-ce que ça peut faire? Il y a des choses plus importantes dans la vie, pas vrai?

Pas vrai?
Terry

Le 8 juin

Cher Bruce Springsteen,

Fallait que je t'écrive tout de suite.

Mon gars, ce concert-là, le concert *M.U.S.E.*, il m'a complètement assommé. Ça fait deux heures que je l'ai vu, j'suis couché dans mon lit, et j'en suis pas encore revenu. J'savais bien que t'étais extraordinaire en concert. Car enfin, j'ai lu plein d'articles sur tes spectacles, et j'ai vu tes vidéos, mais ça, c'était encore mieux que tout ce que je m'imaginais. Ça m'a vraiment époustouflé.

Je te mens pas, on a fait repasser ta partie une bonne demi-douzaine de fois.

Ta façon de chanter *The River*... on sent que ça te tient profondément à cœur. C'est comme s'il y avait seulement toi et tous ces gens, et si tu leur racontais une histoire, une histoire qui explique comment les choses se passent pour de vrai.

Ça m'a fait penser à ma mère et au paternel. Qui sait, c'est peut-être comme ça qu'ils se sentaient, eux aussi?

Un bout de temps, j'ai même regretté de pas être tout seul dans la maison, parce la quatrième et la cinquième fois, John trouvait plus grand plaisir à l'écouter. Il aurait voulu avancer la cassette jusqu'aux numéros plus énergiques. Je faisais semblant de pas l'entendre.

Puis y a eu *Thunder Road*. Formidable, ça aussi. J'comprends pas tout ce que t'essaies de dire dans cette chanson-là, mais j'adore ta façon de faire monter la tension de couplet en couplet, jusqu'à ce que tout se mette bien en place. Et j'adore le solo de saxophone à la fin. Ce gros bonhomme-là, il joue vraiment avec tout ce qu'il a dans le ventre.

Ensuite, ç'a été *A Quarter to Three*. Du tonnerre, mon gars, y a pas d'autre mot. Tu mords vraiment dedans. Ça doit être fantastique de pouvoir lâcher ton fou comme ça devant tout le monde. Moi, rien qu'à t'écouter, je sentais l'adrénaline se propulser dans tout mon système.

Mais maintenant, faut absolument que je trouve moyen d'assister en personne à un de tes concerts. J'sais pas quand, j'sais pas non plus comment je vais faire pour me rendre, mais un jour j'irai à un spectacle de toi. Ça, j'en suis tout ce qu'il y a de plus certain.

Hé, veux-tu savoir ce qui m'a vraiment « pogné » aux tripes, aussi? C'est la courte séquence à l'arrière-scène où on te présente un petit garçon à qui tu dis bonjour. Ta façon toute simple de l'aborder, style: « Salut, bonhomme, et alors, qu'est-ce que tu racontes? Et, comment ça va, dis donc? » J'ai comme l'impression que c'est de même que tu parles aux gens, peu importe qui ils sont, qu'ils soient célèbres ou pas.

Vraiment bien, mon gars,
Terry

Le 13 juin

Cher Bruce Springsteen,

Je tombe parfois dans des humeurs vraiment massacrantes où je deviens tout simplement pas « parlable »; et ces temps-ci, ça m'arrive pas mal souvent.

Maman déteste ça; elle se lamente qu'il y a jamais rien à mon goût et que c'est pas un cadeau de vivre avec moi. Puis elle essaie de me faire changer d'humeur, et y a rien qui me pue au nez autant que ça. J'peux pas supporter de me faire achaler de même.

Sans parler d'Amanda! Les questions idiotes qu'elle peut me poser quand elle s'aperçoit que quelque chose me tape sur les nerfs! C'est pas long que la chicane pogne évidemment et, de fil en aiguille, ça dégénère en engueulade majeure si bien, qu'au bout du compte, je finis par être en beau maudit contre elle. Des fois, elle se met à pleurer et là, c'est ma mère qui me tombe dessus à bras raccourcis:

— T'as quatre ans de plus qu'elle, qu'elle chiale, tu devrais pourtant être plus raisonnable.

Dans ce temps-là, je file dans ma chambre et je claque la porte. C'est leur faute aussi. Si elles pouvaient seulement rester tranquilles et me foutre la paix, ça serait correct.

J'suis justement dans une de ces humeurs-là, aujourd'hui. Le fait est que j'ai pas encore rappelé Kristine (ça aide pas, évidemment). Je me suis plutôt mis à fréquenter les lieux où j'étais susceptible de la rencontrer. Je l'ai justement vue hier, au McDonald, après la classe. Elle se tenait avec une bande de filles et c'est à peine si elle a pris le temps de jeter les yeux sur moi. Et elle s'est aussitôt remise à parler avec ses copines, comme si j'existais pas. Ça m'a donné l'impression qu'elle voulait pas que les autres filles sachent qu'elle s'était même aperçue de ma présence.

C'est pas moi qui vais m'en plaindre Si c'est ça qu'elle veut, je peux l'oublier aussi vite qu'elle, elle m'a oubliée. J'ai vraiment pas besoin de ces enquiquinages.

Quand j'suis comme ça, j'ai pas du tout le cœur aux études, alors les maths, tu t'imagines! Mais, faut que je m'y mette pour de vrai, je le sais bien. La fin de l'année scolaire s'en vient très vite et je tiens pas du tout à couler mes maths pour risquer de me me retrouver encore avec Jerkins l'an prochain. Une année dans sa classe, c'est à peu près la limite de mon endurance, même s'il m'achale plus tellement depuis l'affaire du bandeau. Ça l'a guéri, faut croire. J'ai accroché un 59% au dernier test, ce qui a encore relevé ma moyenne un tantinet. Les examens de fin d'année commencent la semaine prochaine, alors faut je me grouille si je veux être prêt. Si seulement les maths avaient jamais été inventées!

La seule chose qui m'aide à continuer, c'est la guitare. Les cours de Kirkland se terminent cette semaine. C'est moche, parce qu'il m'a beaucoup aidé. Il me dit que je m'en viens pas mal bon et il m'encourage à persévérer. Il a pas besoin de s'inquiéter. J'ai trouvé un livre de musique qui doit bien avoir une trentaine d'années; y a de la pas mal bonne musique là-dedans, *The Red River Valley*, par exemple, et *Skip to My Lou*. Ça devait appartenir au paternel, du temps de sa jeunesse.

J'suis toujours aussi déterminé à m'acheter une guitare électrique. Qui sait, un jour ce sera peut-être *mon* tour de gagner à la loterie? Sauf que j'ai pas envie de gaspiller l'argent que j'ai mis de côté pour acheter des billets. La semaine dernière, j'ai sacrifié deux piastres pour me procurer des « gratteux », et j'ai pas gagné une cenne. Mais y a un gars, dans le building voisin, qui a raflé cinq mille tomates l'an dernier. Ça, mon gars, ce serait quelque chose! Tu imagines la guitare que je pourrais m'acheter avec ce foin-là!

Je reçois habituellement quelque chose quand je passe mon année. *Si* je passe, s'entend. Et qui sait, peut-être qu'un vieil oncle riche va se souvenir de moi tout à coup? Je devrais au moins pouvoir compter sur les cinq piastres que ma grand-mère m'envoie toujours par la poste. Ça, ça va vraiment gonfler mes économies. Quant à maman, j'imagine qu'elle va plutôt me donner des vêtements ou quelque chose du genre, maintenant qu'elle sait ce que je ferais avec de l'argent.

C'est sur cette note excitante que je te quitte, pour retourner à *Red River Valley*.

Réveille-toi, la lettre est finie,
Terry

Le 25 juin

Cher Bruce Springsteen,

J'ai tenu à attendre que tous les examens soient finis pour t'écrire. J'ai passé le dernier aujourd'hui. On a eu les maths, hier, et je m'en suis pas trop mal tiré, je pense. Y a juste une question que j'suis certain d'avoir foirée.

Ils nous accordent maintenant deux jours de congé avant le coup de grâce: la remise des bulletins. Entre-temps, je peux me ronger les ongles tout à loisir. Voilà quelque chose à quoi j'suis bon.

Papa a téléphoné hier soir. Maman aurait jamais rien dit mais, à sa façon de parler, j'ai deviné qui était au bout du fil. Elle était pas de bonne humeur quand elle a raccroché, je l'ai bien vu. J'ai fait comme par exprès de me traîner les pieds dans le salon, en pensant qu'elle allait dire quelque chose. Mais non, rien. Alors je me suis pris une canette de boisson gazeuse dans le frigo et j'ai été la boire dans ma chambre. Puis, quand j'ai été certain qu'Amanda était couchée, je suis ressorti et, sans prendre de détour, j'ai demandé à maman pourquoi il avait appelé.

— Pour pas grand-chose, qu'elle m'a répondu. Il a pris de tes nouvelles.

— Qu'est-ce qu'il voulait savoir?

— Seulement comment tu étais.

— Est-ce qu'il a dit qu'il revenait, ou quoi?

— Je lui ai pas demandé, qu'elle a jeté, plutôt sèchement.

— Mais d'après toi?

— J'en doute.

— Et ça t'est bien égal, c'est ça?

— Je vais t'avouer franchement, Terry, que oui.

J'avais beau m'y attendre, me semble qu'elle aurait pu m'envoyer ça moins raide. Elle a bien vu que j'étais pas trop content. Je suis venu proche de lui dire quelque chose que j'aurais regretté par la suite, sauf qu'elle a prévu le coup et qu'elle a pris les devants:

— Bon, d'accord, qu'elle m'a crié, comme si elle avait quelque chose à prouver. Il est parti. Et puis après? C'est pas la fin du monde. On se débrouille assez bien sans lui, merci. Pas mal mieux, en fait, que quand il était là. Et au moins, le loyer est toujours payé à temps. Sans qu'il y soit pour rien, soit dit en passant. Il promet toujours d'envoyer de l'argent par la poste, mais j'ai pas reçu une cenne de lui depuis le jour où il a levé l'ancre. Il prétend qu'il en a pas. Mais, t'inquiète pas, il trouve moyen de se payer certaines choses.

Pour commencer, j'ai rien répondu. Je me demandais si elle pouvait avoir raison. Ça me rentre pas dans la tête que mon père puisse avoir de l'argent et pas assez penser à nous autres pour nous en envoyer. J'suis tout simplement pas capable de gober ça. J'ai pris sa défense:

— Peut-être qu'il en a vraiment pas, comme il dit. Tu le sais pas. Faut que tu lui donnes une chance.

Mais voilà maman qui se déchaîne:

— Je lui en ai donné des chances! Quinze ans durant! Et où tu penses que ça nous a menés, hein? Dans un appartement minable aux murs en carton-pâte, avec un avenir aussi prometteur que celui du groupe dans lequel il jouait!

J'ai gardé mes réactions pour moi. Je savais que ça donnerait rien de parler. Valait mieux me la fermer, sinon ça aurait dégénéré en une chicane pire encore. C'est pas que j'aurais pas eu des p'tites choses à lui dire. Comme par exemple : « Et moi, alors, dans tout ça? » Si le paternel lui est devenu indifférent, à elle, moi, je ressens encore quelque chose pour lui. Il m'a toujours bien traité, mon père. Pourquoi qu'elle essayerait pas de lui parler, hein? Pourquoi qu'elle essayerait pas de comprendre pourquoi il est comme il est au lieu de lui tomber sur la pipe à longueur de jour? Bon, d'accord, il est pas parfait. Mais tout le monde a ses défauts. Elle compris. Moi compris.

Ah, mais à quoi bon?

Le monde est tout croche, de toute façon.

Tu peux me croire, c'est vrai,
Terry

P.S. Quand j'ai commencé ma lettre, tantôt, je m'étais promis de pas la rendre aussi déprimante que d'autres que je t'ai déjà envoyées. Encore une chose que j'aurai foirée.

Le 28 juin

Cher Bruce Springsteen,

Je me suis un peu calmé depuis ma dernière lettre.

Écoute, faut que je te demande quelque chose: est-ce que tu le savais, quand t'avais mon âge, que tu deviendrais vraiment bon dans ce que tu fais?

Je pratique beaucoup. Je connais les cordes, et tout ça. Je sais des parties de chansons pas mal bien aussi. Je caresse même l'idée d'en écrire une moi-même. J'ai déjà un couplet de composé, et une partie d'un autre.

Puis tout à coup, je me mets à penser que mes chances de réussir un jour sont pas trop fameuses. Y doit y avoir des milliers de gars qui rêvent aux mêmes choses que moi.

J'écoute pas mal de tes vieilles chansons depuis quelque temps. Une que je fais jouer souvent, c'est *Growing Up*; elle est tirée de *Asbury Park*. Elle me plaît. Y a fallu que je l'écoute attentivement pour piger les messages qu'y a là-dedans, et je pense pas encore avoir tout compris. Mais y a une chose que je suis certain que tu dis dans cette chanson-là: c'est qu'il faut être soi-même, et oublier toutes les niaiseries que le monde nous bombarde par la tête. Faut croire en soi-même et être capable de rester soi-même envers et contre tout.

Ça, moi, j'y crois. Les élèves qui acceptent de frayer avec moi, à l'école, je les compte sur les doigts d'une seule main. Certains profs me font la vie dure aussi. Sans compter qu'avec maman et Amanda, ça va pas comme sur des roulettes ces temps-ci. Mais tout ça, je pense que je suis capable de le prendre. Car j'ai des visées. Mes vues se fixent autre part, loin d'ici. Un jour, je vais leur montrer. Ils verront, tous tant qu'ils sont. Ils regretteront alors de m'avoir pas traité mieux que ça.

Au cas où ça t'intéresse, j'ai passé tous mes examens. 53% en maths. Plus de Jerkins. Et bon débarras!

Maman a dit qu'elle était contente. Pour être surprise, en tout cas, elle l'était, même si elle a essayé de le cacher. Elle a pas parlé de me donner quoi que ce soit en récompense, et j'ai rien demandé non plus. Mais un de ces jours, un nouveau truc-machin parfaitement inutile va faire son apparition dans ma chambre. Je dis pas ça pour me plaindre.

Et maintenant, j'ai deux mois de vacances devant moi.

Salutations de la stratosphère,
Terry

Le 2 juillet

Cher Bruce Springsteen,

Il fait tellement chaud depuis quelques jours qu'on a de la misère à dormir, la nuit et qu'on peut pas rester dans l'appartement pendant la journée. On n'a pas l'air climatisé, tu vois. L'été, ça peut être l'enfer, parfois.

Je passe pas mal de temps chez John, ces jours-ci. C'est plus frais qu'ici. Y a plein d'arbres dans son jardin. Alors on s'installe dehors pour gratter notre guitare. Des fois, on va faire un tour au mail. On a passé tellement de temps dans le magasin de musique que le propriétaire nous appelle par nos p'tits noms. On a jamais rien acheté de plus qu'un pic ou un jeu de cordes, mais ç'a pas l'air de le déranger qu'on s'attarde dans sa boutique. Chaque fois qu'on y va, on se pâme devant une guitare, toujours la même (une Fender qui ressemble vaguement à la tienne), en regrettant de pas en avoir les moyens. Un jour, peut-être.

La chaleur était si accablante aujourd'hui qu'il a fallu aller se rafraîchir quelque part. On est descendus au lac. Ça me tentait pas plus que ça, mais John a tellement insisté que j'ai fini par dire oui. La plage est bondée durant l'été. Faut dire que c'est le seul endroit alentour où on peut nager. Avant ça, on pouvait aussi piquer un plongeon dans la rivière, près du barrage, mais depuis que les analyses ont fait ressortir toute la cochonnerie qu'il y a dans cette eau-là, la baignade y est interdite.

Quand on est arrivés, la plage était tellement noire de monde qu'on pouvait à peine bouger: y avait de la marmaille partout, qui s'en donnait à cœur joie en piaillant et en s'arrosant à qui mieux mieux!

Fallait qu'on parte de là. Alors John m'a entraîné dans un raccourci qui mène à un autre coin du lac. On a marché un bon demi-kilomètre le long d'un sentier broussailleux, pour aboutir dans un endroit dont j'avais déjà entendu parler, mais où j'avais pas encore mis les pieds. Pas de jeunes enfants sur cette plage-ci, mais des gars et des filles en masse. Quelques-uns de notre âge, mais pas mal d'autres plus vieux, aussi. Ceux qui buvaient de la bière avaient l'air d'avoir fini l'école depuis une couple d'années. Y en a quelques-uns que j'ai reconnus, des types que je croise parfois, au mail ou à la pizzeria.

Personne a fait tellement attention à nous autres et, pour commencer, on est tout simplement restés un peu en retrait pour voir ce qui se passait. Une radio jouait du AC/DC à tue-tête, une cassette que j'ai déjà eue. Y avait pas mal de monde dans l'eau. Au bord, y avait surtout des filles étendues sur les rochers, qui se faisaient sécher au soleil, en chassant de temps à autre une mouche importune.

Ces mouches-là, mon gars, elles connaissent pas leur chance! On aurait pu demeurer là longtemps à contempler ce spectacle. Comme disait le paternel quand il voyait apparaître les filles au petit écran, à l'émission *En pleine forme*:

— Si ça, ça t'active pas les hormones, y a rien à faire.

J'admirais les chapelets de gouttelettes qui roulaient sur leur belle peau bronzée, et les doigts me démangeaient d'en faire autant.

Mais si ça me faisait de l'effet, à moi, John, lui, il en bavait presque. Et de temps et temps, quand une des filles changeait de position, il laissait échapper un faible grognement et sa respiration devenait bizarre. Si bien que j'ai été saisi tout à coup d'un fou rire incontrôlable. Il est complètement dingue, ce gars-là!

À un moment donné, une andouille de l'école s'est approchée de nous autres:

— John, mon chum, comment ça va? qu'il a dit. L'eau est bonne.

— J'ai besoin de quelque chose pour me rafraîchir, fait John et roulant les yeux du côté des filles.

Le gars a pouffé.

— Qu'est-ce que tu deviens, depuis le temps? On te voit plus. Tu te rappelles, l'été dernier? On venait ici tous les jours. T'as pas oublié Roxanne? fait-il en riant.

— J'sais pas. J'ai été occupé. Tu sais...

Le gars me regarde alors, comme si c'était moi la raison. Moi, je faisais le mort.

— Tu sais bien. J'avais d'autres choses à faire.

Après un moment, l'autre a fini par s'éloigner.

— Une vraie sangsue, ce type, a dit John.

On s'est mis en quête d'une cachette pour nos vêtements. On n'a gardé que nos caleçons. J'ai enfoui ma montre et mes lunettes dans mes espadrilles et j'ai déposé le tout dans les buissons.

Plutôt pénible, la marche à obstacles qui a suivi, sur les ronces, les débris et les cailloux pointus qui jonchent le rivage.

J'étais conscient de mon bronzage qui s'arrête à mi-bras et me donne l'air maladif à côté des autres. D'ailleurs, comme je suis pas précisément musclé, je devais avoir l'air plutôt malingre et chétif.

Mais une fois dans l'eau, ç'a été correct. Parce que, s'il y a une chose au monde que je sais faire, c'est nager! J'ai pris des cours à la piscine du centre récréatif. Ça coûtait pas grand-chose et maman tenait absolument à ce que j'apprenne. J'suis peut-être pas très bon dans les sports en général mais, côté natation, mon style libre et mon dos crawlé se défendent assez bien. John a été surpris, je pense, et j'espère que les autres m'ont bien regardé. Mais sans lunettes, comment savoir?

On a passé presque tout l'après-midi là. On est sortis de l'eau après un bout de temps et on s'est étendus au soleil. Pendant que j'allais chercher nos espadrilles, John a quêté une bière à un type qu'il connaît, et on l'a partagée.

C'est alors que j'ai aperçu Kristine. J'avais pas la moindre idée qu'elle pouvait être là. Elle s'est pas donné la peine de venir nous voir et il était pas question que j'aille de son côté non plus, pour faire le cave devant toutes ces filles. Je l'ai vue rire quelquefois quand je lorgnais de son côté et j'ai pensé qu'elle était peut-être en train de se moquer de moi. J'sais pas. Je suis retourné me baigner après ça, et j'ai nagé loin, très loin, jusqu'au milieu du lac. Peut-être qu'elle s'est inquiétée de me voir rester au large aussi longtemps. Peut-être qu'elle a cru que j'étais mal pris...

Quand je suis ressorti, j'ai fait comme si j'avais pas remarqué qu'elle était là.

Comme il se faisait tard, on a décidé de rentrer. Ouais, ça m'arrive encore de penser à elle, des fois. Elle le remplissait fichtrement bien, son maillot de bain!

Mais pour le moment, j'ai un autre sujet de préoccupation plus brûlant: j'ai attrapé un de ces coups de soleil carabiné cet après-midi! C'est à peine si je peux bouger tellement ça chauffe. J'ai pris un bain d'eau fraîche, qui m'a soulagé un peu, et après, maman m'a appliqué du Noxzema. Mais c'est pas un cadeau, mon gars! Je sais que je pourrai pas fermer l'œil de la nuit.

Comme tu le dis si bien, *I'm on fire*,
J'suis en feu (mais c'est loin d'être comique),
Terry

Le 5 juillet

Cher Bruce Springsteen,

Je passe mon temps assis dans le salon à gratter ma peau qui pèle. Si tu voyais l'expression dégoûtée d'Amanda!

Grande nouvelle: j'ai reçu une lettre du paternel aujourd'hui. Accompagnée d'un billet de vingt. En fait de lettre, c'était pas grand-chose. Une note plutôt. Il dit qu'il va bien et qu'il espère me voir avant longtemps. C'est à peu près tout. C'est d'ailleurs difficile d'imaginer le paternel en train d'écrire une longue lettre.

Il a envoyé la même chose à Amanda. Maman a reçu un mandat-poste de cent piastres. Assez pour une visite au supermarché, qu'elle a dit. C'est quelque chose, au moins. Mais elle trouverait sans doute à redire, quel que soit le montant. Ça prouve quand même qu'il pense à nous autres. Elle a rien répondu quand je lui ai fait remarquer ça.

Bon, faut que j'y aille. J'ai appelé John et il sera ici dans quelques minutes. On s'en va voir un type qui a une guitare et un ampli à vendre.

Je vis d'espoir,
Terry

Le 6 juillet

Cher Bruce Springsteen,

Je plane, mon gars, je suis aux oiseaux!

T'en reviendras pas de ce qui m'arrive: j'ai acheté une guitare et un ampli, le tout pour quatre-vingt-cinq piastres. Même moi, j'ai de la misère à y croire et pourtant je les ai sous les yeux tous les deux, ici même dans ma propre chambre!

D'accord, c'est pas les gros chars. Ç'a dû être acheté chez un prêteur sur gages voilà bien des années. Mais, comme disait John, c'est une maudite bonne affaire pour quatre-vingt-cinq piastres!

J'avais vu l'annonce au mail, sur le babillard où les gens affichent des petites notes quand ils ont des choses à vendre. Cent vingt-cinq dollars, qu'on en demandait. Je m'étais dit: « Ça donne rien, jamais j'aurai assez de foin pour ça », mais j'avais quand même arraché un des talons qui donnaient le numéro de téléphone. Et c'est hier, quand j'ai reçu l'argent du paternel, que j'ai décidé de tenter ma chance. « J'ai rien à perdre, que je raisonnais. Ça me fait tout de même soixante piastres, avec mes propres économies. » Je pensais que peut-être je pourrais acheter juste la guitare. Mais pas question! C'était les deux ou rien. Je les ai essayés, et j'ai trouvé que ça sonnait pas pire. C'est alors que le type a abaissé son prix de dix piastres.

«Tiens, tiens, que j'en ai conclu, ce gars-là, il doit vendre à tout prix. Il déménage. Y a plus un meuble chez lui. Toutes ses autres affaires sont emballées, prêtes à partir. Il me fait l'effet d'avoir besoin d'argent. Peut-être que je peux le faire descendre encore.» Alors j'ai dit à John:

— D'après moi, ça vaut pas cent quinze tomates.

John capte mon regard et comprend tout de suite: et le voilà qui se met à trouver des défauts par-ci, des égratigures par-là.

— Et la guitare a vraiment besoin de nouvelles cordes, qu'il ajoute. Non, j'sais pas si ça vaut ça.

Du coup, le prix tombe à cent piastres. Mais après ça, hein, rien à faire: le gars bougera plus.

Alors, je lui offre, comme ça:

— Soixante piastres en argent, plus n'importe quelle de mes affaires qui peut t'intéresser.

— Quoi, par exemple?

— J'sais pas. Une montre, tiens.

C'est ça qu'ils disent tous, non? Sauf qu'après ça, je me mets à penser que ma mère m'étriperait tout rond si elle apprenait que j'ai troqué le cadeau qu'elle m'a donné à Noël.

— J'ai autant besoin d'une montre que d'un avion à pédales.

— Des cassettes, alors? suggère John au gars, mais en se tournant vers moi. T'as plein de cassettes qui pourraient faire son affaire.

C'est là qu'on lui a énuméré toutes les cassettes que j'ai à la maison et que j'écoute plus.

— Bon, apporte-les toujours que j'y jette un coup d'œil, soupire l'autre. J'ai une longue route à parcourir. Mais ça va me prendre plus d'argent comptant.

Sans perdre un instant, on a couru chez moi. Chemin faisant, John m'a offert, comme ça, sans même que je lui demande, de me prêter vingt-cinq piastres. Pour commencer j'ai refusé, parce qu'il m'a confié pas plus tard qu'hier qu'il ramassait son argent pour s'acheter une basse électrique.

— Mais, Terry, qu'il m'a fait remarquer, on peut pas laisser passer une occasion pareille!

Alors j'ai accepté, en lui promettant de le rembourser aussitôt que possible. J'sais pas ce que j'aurais fait s'il m'avait pas passé cet argent. Y a bien Amanda, à qui j'avais pensé demander, mais je sais que j'aurais pas eu grande chance de ce côté-là.

Bon, enfin, résumons: j'ai donc acheté la guitare et l'ampli pour la somme de quatre-vingt-cinq dollars plus sept ou huit cassettes. Moi, j'appelle ça un bon marché. C'est pas les gros chars, comme je disais, mais c'est un début. Si je compare ça à ce qu'on avait en vue au magasin de musique, c'est de la camelote. Mais au moins ça se branche et ça produit un bon bruit. Et ça devrait corser la situation entre moi et cette chère Mme MacKinnon de la porte à côté.

Ce qui est formidable, aussi, c'est la façon dont John est venu à ma rescousse quand j'ai eu besoin de lui. À force de le connaître, John, je réalise que c'est un vrai bon gars à avoir comme copain. Quand il l'aura, sa basse électrique, on va vraiment être en affaires tous les deux.

Bon, je fais mieux d'y aller. Il me reste une couple d'heures avant que maman rentre du travail. Elle est pas encore au courant de mes achats.

Paraît que t'es encore en Angleterre. Fatigue-toi pas trop.

Salutations du septième ciel,
Terry

Le 11 juillet

Cher Bruce Springsteen,

Je travaille pas mal fort ces jours-ci à transcrire la musique de *I'm On Fire*. Je l'ai presque au complet. Je songe à appeler Kirkland, pour lui demander s'il me donnerait pas un coup de main.

C'est en revenant de l'ouvrage, l'autre soir, que maman a découvert mes acquisitions. Elle est entrée dans ma chambre pour me dire quelque chose, et elle les a aperçues. Ça l'a pas pas particulièrement enchantée, mais elle m'a pas engueulé comme je craignais qu'elle le fasse. En fait, je crois qu'elle s'y attendait un peu. Elle a voulu savoir où j'avais pris l'argent. Après que je lui ai dit, elle s'est mise à me sermonner à n'en plus finir, pour avoir emprunté de l'argent sans savoir comment je pourrai le rembourser.

Alors je lui ai fait remarquer que rester à la maison avec Amanda devrait valoir quelque chose, ce qu'elle a pas du tout apprécié. Du coup, la voilà choquée:

— C'est bien la première fois que tu me parles de ça, Terry Blanchard! C'est tout à fait normal que tu fasses ta part en gardant ta sœur pour me permettre d'aller à mon travail.

C'est stupide de ma part de lui avoir dit ça — j'aurais dû me la fermer bien raide. J'ai eu beau essayer de faire marche arrière après ça, elle a jamais voulu, si bien qu'à la fin j'suis devenu mauvais et que je me suis mis à gueuler en lui criant de me foutre la paix.

J'sais bien, j'sais bien, j'aurais jamais dû soulever cette question-là, mais elle était pas obligée de me rebattre les oreilles avec ça jusqu'à ce que je sois à bout. De toute façon, Amanda devient de plus en plus difficile à garder, une véritable petite peste. C'est rendu qu'elle m'écoute plus jamais. Et si John s'adonne à être ici quand je suis censé la surveiller, il faut voir les simagrées qu'elle fait. C'en est tout simplement gênant. Et elle est jamais d'accord avec notre choix d'émissions à la télé.

Cette petite altercation a eu lieu y a quelques soirs. Les choses sont presque revenues à la normale depuis. Sauf que la normale, ces temps-ci, c'est pas encore ce qu'y a de plus fameux.

Maman m'a dit aujourd'hui:

— J'espère de tout mon cœur que c'est juste une phase que tu traverses.

Comme si c'était de ma faute, tout ça. J'suis venu bien près de lui répondre: « Ah, si papa était donc ici! » Mais je me suis tourné la langue sept fois. J'ai appris à me taire.

Bon, assez parlé de ma famille. Tu dois en avoir plein le dos de m'entendre radoter sans fin sur mes parents, comme si tu les connaissais. La seule raison qui fait que j'ai continué à t'écrire, c'est que ça m'aidait à clarifier les choses dans ma tête. Maintenant, c'est devenu une sorte d'habitude, quoi! Ça m'est égal de pas recevoir de réponse. Je te l'ai dit dès le début: je m'y attendais pas vraiment. En fait, peut-être que si j'espérais que tu me répondes, je me sentirais obligé d'arrêter d'écrire: j'aurais l'impression de trop accaparer de ton temps. Mais comme c'est là, je peux te regarder sur l'affiche de mon mur et me dire: « Un jour, qui sait, ce gars-là, quand il en aura le temps, il ouvrira son courrier; alors, peut-être, il découvrira ce gars-ci, moi, et il apprendra tout à mon sujet. »

C'est tout. Et si ça se produit pas, c'est pas plus grave que ça. J'y compte pas vraiment. Si tu lis pas mes lettres, c'est correct quand même. J'suis capable de le prendre. J'sais que t'as des choses plus importantes à faire.

Y a rien là,
Terry

Le 13 juillet

Cher Bruce Springsteen,

J'ai passé la majeure partie de l'après-midi devant le petit écran, chez John, à regarder le vidéo de *Live Aid*. C'est aujourd'hui l'anniversaire de ce concert.

Seulement, autant te le dire tout de suite, j'suis encore un peu déçu que t'en aies pas fait partie. C'est bien simple, c'est toi qui aurais été le clou du spectacle! Je sais tout l'argent que tu donnes aux œuvres de charité, alors, dans mon idée, c'est quelque chose que t'aurais dû avoir envie de faire. Tu devais être occupé à autre chose, faut croire.

Le groupe que j'ai le plus aimé, c'est The Who. Dommage qu'il soit dissous.

U2 m'a plu aussi — ces gars-là sont excellents.

Cet événement m'a remis en tête la grande misère de certains peuples. C'est formidable de voir des musiciens rock leur venir en aide comme ça. Avec John, on s'est dit que ça devait être assez impressionnant de participer à un spectacle du genre.

Puis ce soir, on a appelé Kirkland et on est allés chez lui avec nos guitares, pour qu'il nous donne un coup de main avec quelques chansons. Et tout en bavardant de choses et d'autres, on s'est mis à imaginer, comme ça, combien ce serait formidable si on devenait assez bons pour monter un concert, dans le but de ramasser des fonds pour une cause humanitaire ou quelque chose. Parle parle, jase jase, voilà tout à coup qu'il me vient une idée.

J'sais pas si ça pourrait marcher, mais en tout cas ça m'a vraiment emballé. Pourquoi on en monterait pas un, concert? Suffirait de le faire en *Lip-sync**. On installerait un système stéréo et on présenterait des imitations de groupes ou de chanteurs, comme si c'était un vrai spectacle. Y a des endroits où ce genre de truc marche très bien. J'en ai vu à la télé. Qui sait, on pourrait même avoir quelques vraies performances aussi? Je

* L'expression française correspondant à *lip-sync* est *synchrolabiale*.

pense que ça pourrait prendre. Le prix des places pour y assister resterait très raisonnable, une couple de piastres, peut-être. Je pense que les gens accepteraient de payer ça pour une bonne cause. D'après Kirkland, y aurait pas mal de monde de l'école qui voudrait participer. À commencer par lui-même, qui chanterait pour de vrai.

On a ensuite essayé de voir à qui pourraient aller les profits. Y a plein d'œuvres de charité qui sauraient quoi faire avec. Kirkland en a mentionné trois ou quatre.

Tout à coup, j'ai pensé aux Smith, et à leur situation précaire. Alors j'ai dit aux deux autres:

— Si on va de l'avant avec notre projet, je connais une famille à qui ça rendrait joliment service.

Ça m'a pas pris de temps à les convaincre.

Avec John, on va repenser à tout ça au cours de l'été et en reparler à Kirkland à la rentrée. Il est prêt à nous donner un coup de main pour l'organiser.

Mon gars, je peux vraiment l'imaginer, ce concert-là. Et je sais déjà qui j'imiterais. Je te le donne en mille.

Bravo! t'as deviné,
Terry

Le 25 juillet

Cher Bruce Springsteen,

Douze jours, déjà, que je t'ai écrit, presque l'intervalle le plus long que j'ai jamais laissé passer entre deux lettres. J'avais une bonne raison — plusieurs, en fait.

J'en étais quasiment venu à me persuader que c'était insensé de t'écrire. Comme si tu pouvais t'intéresser à ce qui m'arrive! C'est pour ça que je remettais toujours ça à plus tard — de t'écrire, je veux dire. Car parmi les lettres que tu reçois, y en a sûrement des vertes et des pas mûres, non? Y en a qui te viennent de malades au cerveau vraiment détraqué, c'est certain, et je dois passer pour un d'eux autres. Merde, j'suis plus un enfant, quand même! Je devrais être capable de régler mes problèmes tout seul.

J'suis pas sûr qu'il y ait au monde une seule personne qui se préoccupe de moi, et de ce que je ressens. Et si elle existe, elle a une bien drôle de façon de manifester son intérêt.

Ç'a commencé samedi dernier, quand ce type, un dénommé Nick, s'est pointé pour souper.

J'savais pas, moi, qu'il devait venir! Vers la fin de l'après-midi, en rentrant tout bonnement à la maison, je l'aperçois, assis sur le sofa, qui joue aux cartes avec Amanda. Et je l'entends s'esclaffer après une quelconque remarque idiote de ma sœur!

« Tiens, je me dis, ça doit être quelqu'un de la parenté que je connais pas encore. »

Mais pas du tout! C'est un type que maman a rencontré comme ça, quelque part, et qu'elle a invité à prendre un repas à la maison. Je dirais pas que c'est un ami de cœur, mais ils sont pas des amis tout court non plus. Ce qui me tarabuste, c'est qu'elle ait même pas pris la peine de me prévenir. Ç'aurait été la moindre des choses, me semble.

À table, j'ai à peu près pas ouvert la bouche. Je me suis montré poli, pas plus, mais il a compris que j'étais pas particulièrement ravi de sa présence.

Il a bien essayé de me délier la langue. Pour commencer, il a voulu m'amener à discuter base-ball. Mais il a frappé un nœud. C'est là qu'il est revenu à la charge avec une question sublime:

— Et dis-moi donc ce que tu penses de Madonna.

Comme si la langue me démangeait pour parler musique!

— Pas grand-chose. (Ce fut ma brillante repartie.)

Comme de raison, voilà ma sœur qui s'emballe:

— Eh bien moi, je l'adore! Et je trouve ça formidable de voir comment elle s'habille! Si vous voulez, après souper, je vais vous montrer toutes mes photos d'elle.

Au ton faussement enthousiaste qu'il a pris pour lui répondre, j'ai bien vu que Nick jouait la comédie. Un vrai con, ce type-là!

Après le dessert, j'suis allé dans ma chambre une trentaine de minutes, après quoi j'ai quitté la maison sans dire un mot à personne.

Quand j'suis revenu, au bout de trois heures, il était parti. Maman aurait dû comprendre, au regard que je lui ai jeté, que ça me tentait pas d'en parler, mais non, fallait qu'elle m'interpelle!

— Tu te conduis comme un enfant, Terry, qu'elle me lance en me voyant filer à ma chambre.

Clac! Je ferme ma porte.

Ç'a pas pris de temps qu'elle est venue la rouvrir.

— C'est seulement un ami, tu sais.
— Tout un ami!
— Tu le connais même pas.
— Et j'ai pas envie de le connaître.
— Qu'est-ce que tu veux dire par ça?
Je reste bouche cousue.
— Mon Dieu, Terry, vieillis donc! Va falloir que tu cesses d'agir comme un bébé si tu veux être traité en adulte. Dire que t'as même pas eu la décence de tenir une conversation intelligente avec lui!
Je reste assis, immobile. Merde, elle devrait pourtant savoir comment je me sens!
— Alors? qu'elle insiste. Et va surtout pas sauter aux conclusions dans une histoire dont tu ignores le premier mot.
— Comment voudrais-tu que je sache quoi que ce soit?
— En posant des questions, peut-être!
Et comme je continue de me taire, elle propose:
— Si on en parlait, hein?
Je bronche pas d'un cheveu. Alors, après un bout de temps, elle sort, mais en laissant la porte entrouverte.
Je me lève et je la referme.
Merde, ça me pue au nez!
Jamais on a été à couteaux tirés comme ça avec ma mère, avant... Je me rappelle pas qu'on se soit chicanés une seule fois, du temps que papa était là. Je pense qu'elle se fiait sur moi, à l'époque, pour l'aider à traver-

ser les passes difficiles avec le paternel. On s'entendait bien. Sans blague.

Comment est-ce que je peux espérer gagner dans une situation pareille? Je serai pas satisfait tant que le paternel commencera pas au moins à venir faire son tour de temps en temps. Et si jamais il se décide à rappliquer pour de bon, ça va sans doute vouloir dire encore plus de micmacs que ce qu'on a déjà. D'une façon ou d'une autre, ça va être l'enfer pour moi. Que je voudrais donc être plus vieux pour pouvoir vivre tout seul!

Y a personne à qui je peux confier ces choses-là. C'est pour ça que tu reçois ces lettres sans queue ni tête.

D'accord?
Terry

Le 27 juillet

Cher Bruce Springsteen,

J'essaie de pratiquer régulièrement. Y a des jours où j'ai pas le goût de faire grand-chose et où ça me prend tout mon p'tit change rien que pour sortir du lit. Mais quand je commence à gratter ma guitare, ça se met à aller mieux. T'as déjà dit, je m'en souviens, que la musique t'avait sauvé la vie. J'sais pas si elle va sauver la mienne, mais c'est à peu près tout ce qui me reste en ce moment. Si j'avais pas la musique, je perdrais royalement les pédales.

Hier, maman m'a donné trente piastres en me disant:

— Rembourse à John ce que tu lui dois, et garde le reste.

Ma première réaction, ç'a été de refuser, mais je voyais bien qu'elle faisait ça pour essayer d'arranger les choses entre nous deux, alors j'ai accepté. C'est bien le moins que je pouvais faire.

Je me suis rendu chez John pour payer ma dette, mais il était sorti. Assis ensemble sur la galerie d'en arrière, son père et sa mère riaient de quelque plaisanterie.

— John? Il est allé se baigner, je pense.

— Ouais, me semble que c'est ça qu'il a dit.

Ça m'a vraiment débiné d'entendre ça parce que, d'ordinaire, John m'appelle avant d'aller à la plage, pour me demander si j'ai envie de l'accompagner. J'ai donné l'argent à sa mère en lui demandant de le lui remettre.

J'ai appris plus tard qu'il était allé au lac avec Tonya, la fille à qui il s'intéresse. D'après moi, ça marchera pas entre eux autres. Tonya change d'ami comme d'autres de leurs petites culottes et c'est pas du tout le genre de John. Mais j'ai eu beau essayer de lui expliquer ça, il le voit pas.

— Voyons donc, Terry. Laisse-lui juste le temps de me connaître, et tout ira comme sur des roulettes.

Je me retrouve donc avec bien du temps sur les bras. Bien du temps pour réfléchir aux moments formidables que la vie me réserve.

J'ai flâné un bout de temps au parc de Shankland, cet après-midi. Y avait un tournoi de base-ball et j'ai assisté à quelques parties. Faudrait que je m'embarque dans un sport comme celui-là. Ça me permettrait d'oublier tout ce qui me trotte dans la tête. Si je jouais un peu mieux, ou si ça me dérangeait pas de foirer pendant quelques manches, je le ferais peut-être.

À un moment donné, je me suis acheté des frites et une canette de boisson gazeuse et j'suis allé me jucher tout au haut des gradins, aussi loin du monde que je pouvais.

John m'a téléphoné ce soir, histoire de me dire où il était passé. Il débordait d'enthousiasme et il en finissait plus de se pâmer:

— C'est bien simple, c'est la chose la plus formidable qui me soit jamais arrivée de toute ma vie.

Puis il a ajouté que je devrais inviter Kristine à sortir:

— Tonya et elle sont assez copines, tu sais, et d'après Tonya, Kristine te trouve pas mal de son goût. (Ça, j'en crois pas un mot.) Appelle-la donc, pour voir. Tiens, on devrait s'organiser pour sortir tous les quatre, hein, qu'est-ce que t'en penses?

J'ai répondu que j'y songerais, et c'est précisément ce que je fais en ce moment. J'sais pas. *Qui a foiré foirera*, dit le proverbe. Je pense réellement pas que je lui plais, de toute façon. D'après moi, elle dit ça pour la frime. Car enfin, si c'était le cas, me semble qu'elle en ferait plus pour me le montrer, non?

Sauf que c'est un petit jeu qui se joue à deux, ça, pas vrai? Peut-être que je devrais faire les premiers pas, ce coup-ci. J'sais pas. Et puis merde! je voudrais donc que les choses soient un peu plus simples à comprendre dans ce bas monde.

Me v'là reparti. Encore.
Terry

Le 29 juillet

Cher Bruce Springsteen,

J'ai téléphoné à Kristine. (Fallait que je fasse quelque chose, j'étais en train de devenir fou à force de penser à mes problèmes.) Mais je pouvais pas subir le même martyre que la dernière fois.

« Ou bien tu te décides, que je me suis dit, ou bien t'oublies tout; et une fois que ta décision est prise, t'agis en conséquence. D'ailleurs, ou bien elle va dire oui, ou bien elle va dire non. De toute façon, finies les folies! »

Alors j'ai pris le téléphone et je l'ai tiré jusque dans la salle de bains, comme l'autre jour, et j'ai composé d'une traite. Je savais ce que j'allais lui dire, et je pensais bien savoir ce qu'elle allait me répondre aussi.

— Allô? (c'était elle).

— Kristine? c'est Terry. J'appelle pour savoir si ça te tente de venir au cinéma avec moi demain soir. John et Tonya y vont. On irait tous les quatre ensemble, quoi.

Voilà, tout est dit, sans détour. Droit au but et pas de foirage.

— Avec plaisir. À quelle heure?

J'ai été tellement surpris que j'ai failli lâcher l'appareil. Je m'attendais vraiment pas qu'elle accepte. Pas vite de même, en tout cas.

— Huit heures. Non, attends, sept, si on va à la première représentation. Vaudrait mieux vérifier ça avec John. Je te rappelle.

— Bon, c'est d'accord, on se reparle plus tard. Au revoir.

— D'accord.

Fin de la conversation.

Après ça, je me suis dit: « Blanchard, mon vieux, y a quelque chose qui tourne pas rond dans ta tête. T'es là, avec une fille au bout du fil. Une fille qui est d'accord avec tout ce que tu dis. Me semble que t'aurais au moins pu lui faire la conversation quelques minutes. T'aurais pu dire quelque chose au lieu de raccrocher bêtement comme un imbécile. Merde, t'aurais pu lui parler de chiens ou d'autre chose, n'importe quoi! »

Mais, sincèrement, j'arrivais pas à trouver quoi que ce soit à lui dire. Bien sûr, un million d'idées m'ont sauté en pleine face à la seconde où le récepteur a retrouvé son nid, mais au moment crucial où j'en aurais eu besoin, elles brillaient toutes par leur absence.

J'ai appelé John pour fixer l'heure du rendez-vous. Et après ça, ça m'a pris une grosse heure pour trouver le courage de retéléphoner à Kristine. Si bien que lorsque je me suis enfin décidé, elle était sortie. Et j'vais te dire bien franchement, j'en ai été soulagé. J'ai laissé le message à sa mère.

Maintenant, va falloir que je passe toute la soirée avec elle, à jouer le gars plein d'assurance que je suis. Y a rien là, pas vrai? Si toi t'en es capable, moi aussi!

Souhaite-moi bonne chance (j'en ai besoin),

Terry

Le 30 juillet

Cher Bruce Springsteen,

Je pense que j'ai foiré (je parle de ma soirée avec Kristine). En fait, j'en suis convaincu. J'ai magistralement foiré. Ça me surprendrait qu'elle accepte de sortir encore avec moi après ça. Autant reconnaître la vérité en pleine face — quand il s'agit de filles, je fais dur, je fais réellement dur.

Disons que ça pas été un échec complet: au cinéma, et même quand on est allés casser la croûte ensemble, après la représentation, ça s'est bien passé. J'étais pas aussi complètement dépourvu de sujets de conversation que je l'avais craint. Le fait qu'on soit quatre, aussi, ç'a aidé. La majeure partie du temps, au restaurant, on a discuté du film ou parlé musique. En un mot, j'ai quand même dû avoir l'air d'un gars doté d'une cervelle.

C'est en la raccompagnant chez elle, après la soirée, que j'ai tout foutu en l'air. Quand je me suis retrouvé seul avec elle, ma moitié de la conversation s'est comme tarie peu à peu, si bien que j'ai dû finir par ressembler à un gars qui s'est piqué la langue à la novocaïne. Et une fois devant chez elle, que j'ai donc dû avoir l'air brillant quand on s'est arrêtés à la porte! À l'aise, avec ça! Et en possession de tous mes moyens! Parlons-en! C'est à peine si j'arrivais à balbutier! J'étais nerveux en diable, à me demander ce que je devais faire, et surtout, *quand* il fallait le faire, souriant à demi comme si j'avais la situation bien en mains, quand on savait très bien tous les deux que c'était pas du tout le cas.

Eh bien, j'suis resté si longtemps planté là à rien faire qu'elle m'a annoncé tout à coup qu'elle devait rentrer, et que c'est *elle*, finalement, qui s'est penchée vers moi pour m'embrasser, *moi*. Un gros baiser, en plein sur la bouche. Elle a dû avoir l'impression d'embrasser un cadavre: j'étais paralysé raide! Merde, j'ai failli en perdre l'équilibre!

J'peux pas croire que j'aie pu être cave de même! Plus niaiseux que le pire têteux des imbéciles! Ah, elle a dû en rigoler un coup une fois rentrée chez elle! Si j'avais été à sa place, je me serais pas gêné, en tout cas.

Mais moi, par exemple, j'avais pas envie de rire, pas une miette! Je me suis donné des coups de pieds au derrière tout le long du chemin jusque chez moi. Comment même imaginer que quel-qu'un puisse être aussi stupide! Je le savais, ce qu'il fallait faire! J'avais tout bien pratiqué dans ma tête, jusque dans les moindres détails. En plus, je savais ce que j'avais *envie* de faire. Mais une fois mis en situation, fais-moi confiance, je foire! Aussi sûrement que si j'avais des nouilles à la place du cerveau.

Mais je veux plus en parler. Oublier ça au plus sacrant, c'est tout ce qui m'importe. Je me disais qu'en jetant ça sur papier, je verrais peut-être que c'est moins pire que je pensais.

Mais non, c'est encore pire!

Comme je l'ai déjà dit, j'ai pas vraiment besoin de filles, de toute façon. D'ailleurs, j'en ai pas les moyens. J'suis encore au bout de mes cennes. Et qu'est-ce que j'ai à afficher en retour? Une face aussi longue que si je suçais des citrons depuis six mois.

Oublie ça,
Terry

P.S. Merde! Quel super séducteur je fais, non? Allez, vas-y, rigole, si le cœur t'en dit. C'est pas moi qui t'en blâmerais.

Le 2 août

Cher Bruce Springsteen,

Elle avait dit qu'elle téléphonerait. Elle l'a pas fait. Hier, je l'ai entrevue au mail. Quand elle s'est rendu compte que je venais de son côté, elle a fait semblant de pas me voir et elle s'est dépêchée de bifurquer vers une autre aile. À l'heure qu'il est, sans doute que toutes les filles avec qui elle se tient sont au courant de mes prouesses. Je veux plus en parler.

Je me suis mis à faire des haltères. Je me suis examiné dans le miroir l'autre soir et je me suis dit: «Garçon, faut faire quelque chose pour ce vieux paquet d'os entouré de peau que t'appelles un corps et qui connaît même pas le sens du mot *muscle*.» Ouais, je devrais avoir honte d'enlever ma chemise en public. Pas surprenant que les filles me fuient comme si j'avais le sida!

John a chez lui un banc d'exercice et une barre à disques. Il s'en était pas servi depuis un bon bout de temps mais je l'ai convaincu de les remonter dans son sous-sol, et de se mettre au conditionnement physique.

J'ai regardé quelques photos de toi, *avant* que tu commences ton programme d'exercices: sauf ton respect, t'avais l'air pas mal «feluet» à l'époque. Et regarde-toi aujourd'hui! Tu devrais entendre ce que les filles disent de ton physique. Même ma mère est pas capable de regarder ailleurs quand elle te voit danser sur scène dans les clips. Elle aime ta façon de rouler tes manches de chemise. Elle trouve ça «sexy». Je pensais jamais qu'elle remarquait des détails du genre.

John passe pas mal de temps avec Tonya ces jours-ci, mais on trouve quand même moyen de faire du conditionnement assez souvent. Il a mis la main sur une liste d'exercices tout bien décrits, avec schémas à l'appui, et c'est de ça qu'on se sert. On l'a affichée au mur de son sous-sol et on passe à travers toute la série, parfois même deux ou trois fois de suite. J'ai trouvé ça pénible au commencement. Jusqu'à ce que j'allège le poids sur les haltères, histoire de me donner la chance de bâtir ma résistance. C'est moins pire maintenant. Et je remarque la différence.

Je rêve peut-être, mais j'ai l'impression de sentir mes muscles se renforcer. Sans blague. D'ici la fin de l'été, qui sait, je pourrai peut-être porter ces T-shirts écourtichés qui mettent le torse en valeur? Sauf que ni John ni moi on a envie de ressembler à ces culturistes au corps huileux qu'on voit à la télé. Pas mal grotesques, à mon goût.

Ouais, John passe vraiment *beaucoup* de temps avec Tonya! C'est son affaire, je suppose. Il dit que je devrais essayer de revoir Kristine.

— Franchement, Terry, tu peux quand même pas espérer mer et monde de ta première sortie avec une fille.

— Tu veux rire! Kristine a bien d'autres chats à fouetter que moi. Oublie ça, bonhomme. J'ai pas envie de reprendre tout le scénario encore une fois. Affaire classée.

Jamais je lui conterais tout ce qui s'est passé!

Me semble que John a l'air moins mordu de guitare que moi, ces temps-ci, malgré qu'on vienne encore à bout de trouver du temps pour pratiquer ensemble. Il a d'autres préoccupations. J'suis même plus certain que son intérêt dure jusqu'à ce qu'on puisse former un groupe. Il affirme que oui, mais c'est peut-être un peu pour donner le change. Même le concert en synchro semble l'exciter moins, aujourd'hui, que la fois où l'idée nous est venue.

Moi, ça m'excite encore, en tout cas. En fait, j'suis même allé voir les Smith pour leur en parler. Ça m'a pris un peu de cran, mais fallait que je le fasse. On pouvait quand même pas aller de l'avant avec le projet et décider où irait l'argent sans leur permission.

Quand j'ai toqué à la porte, deux gamins sont venus m'ouvrir en trottinant. Ils sont restés figés tout net sur le pas de la porte, jusqu'à ce que leur père s'amène. Lui, il m'a reconnu, pour m'avoir déjà vu dans le quartier, mais je voyais bien qu'il savait pas vraiment qui j'étais. Alors je me suis nommé, je lui ai dit où j'habitais et je lui ai demandé si je pouvais venir jaser une petite minute avec sa femme et lui.

— Mais bien sûr, voyons. Entre donc.

Puis il a lancé une plaisanterie sur le fait qu'il y avait pas grand-place pour s'asseoir dans le logement.

Il m'est apparu comme un bon diable, du genre qui prend la vie du bon côté, compte tenu de ce qui lui est arrivé. Sa femme était dans la cuisine. Elle, elle avait l'air plutôt déprimée et elle faisait aucun effort pour le cacher. Elle fumait une cigarette, assise à table.

J'savais vraiment pas comment aborder le sujet, parce que certaines personnes peuvent considérer comme une insulte de se faire offrir de l'argent comme ça. J'ai essayé de présenter le concert comme quelque chose qu'on organiserait, de toute façon, pour notre plaisir, et d'insister sur le fait qu'on savait pas trop quoi faire avec l'argent (si on en ramassait).

— Et on a pensé, comme ça, que peut-être ça pourrait vous servir.

Pour commencer, ni lui, ni elle, ont rien répondu. Le gars regardait sa femme. J'imagine qu'il essayait de deviner ce qui lui trottait dans la tête.

Au bout d'un moment, elle a simplement dit:

— Mais oui. Aucun doute là-dessus, on pourrait s'en servir. Les petits couchent même pas encore sur des vrais lits. Mais à condition que ça fasse pas une trop grosse histoire. Je voudrais pas que le monde pense qu'on demande l'aumône.

Je lui ai promis que j'en faisais mon affaire. Son mari était très content, je l'ai bien vu en me levant pour prendre congé. Il cherchait à me retenir:

— Reste donc avec nous autres, le temps de prendre un café ou quelque chose.

— Vaut mieux que j'y aille pour tout de suite. Mais je vous promets de revenir faire un tour d'ici quelque temps.

Je me sens bien, pour une fois, et je trouve ça plaisant.

Bien plaisant,
Terry

Le 4 août

Cher Bruce Springsteen,

Tu te demandes peut-être comment ça évolue entre maman et ce type, Nick? Je me pose des questions, moi aussi, mais je lui en parle pas, à elle. On l'a pas revu ici, et elle a plus jamais parlé de lui. Pourvu que ça reste de même!

Ça veut pas dire que j'y pense pas. J'y pense même beaucoup. En fait, je passe mon temps à me demander ce que je ferais si maman en venait à s'attacher sérieusement à lui. Ç'a pas eu l'air de déranger Amanda autant que moi la fois où il est venu souper. Peut-être que je m'en fais trop avec ça.

J'ai beau essayer de voir les choses du point de vue de maman, tout ce que je vois, c'est que ç'a aucune espèce de bon sens. C'est comme si elle avait déjà renoncé au paternel. Merde! me semble qu'on peut pas oublier cette partie-là de sa vie comme si elle avait jamais existé. D'accord, il a peut-être pas toujours été bien bon envers elle, mais c'est pas une raison pour tout lâcher, sans même essayer de sauver les valises. Peut-être qu'il est prêt à changer. Elle, elle y croit pas, mais elle le sait pas vraiment. Elle veut même pas lui donner de chance.

Ce que j'aimerais, en fait, c'est que papa soit là pour qu'on puisse tirer tout ça au clair. S'il savait ce qui se trame, je te gage qu'il rappliquerait au galop.

Je l'avoue bien franchement, je pensais qu'il rappellerait, ou qu'il écrirait encore. Mais peut-être qu'il l'a fait, et que maman a gardé ça pour elle. Ça me surprendrait pas. En tout cas, c'est dur d'imaginer qu'il pense même pas assez à nous autres pour nous donner signe de vie. D'après moi, y a quelque chose de louche dans tout ça, quelque chose dont je sais rien du tout.

Peut-être que ça veut dire qu'ils se séparent pour de bon. C'est rendu que je commence à m'inquiéter à propos de ça. Si ça se produisait, je serais pas obligé de vivre avec maman — y a aucune loi qui pourrait m'y forcer. Alors peut-être que je partirais à la recherche du paternel et que j'irais vivre avec lui. Qui sait?

Je dis pas que j'aime pas ma mère. C'est seulement qu'elle et moi, ces temps-ci, on voit pas les choses du même œil. Et, d'après moi, ça peut rien qu'empirer. Y a plein de choses que maman comprend pas de nous deux, le paternel et moi. Mais ça, elle le voit pas, ou alors elle refuse de l'admettre.

Papa et moi, on a jamais vraiment eu la chance de passer assez de temps ensemble. Seuls ensemble, je veux dire, pour discuter de tout ça.

C'est tout ce que j'ai à dire, je pense,
Terry

Le 5 août

Cher Bruce Springsteen,

Y a des fois où l'été traîne vraiment en longueur. Faudrait que je sois plus occupé aussi, que je me trouve du travail ou quelque chose. Ça s'en vient plate en écœurant. Et ça me tombe sur les nerfs de passer autant de temps à niaiser dans l'appartement ou à flâner dans les rues. John est parti en camping avec ses parents pour quelques jours.

Je pense que je t'ai déjà dit que je travaillais à une chanson. Qu'est-ce que tu penses de ces paroles?

La chaleur de l'été me rend dingue et m'assomme
Je me traîne
Le feu brûle dans mon cœur, me sort par
les oreilles
Il me draine
J'ai besoin de parler, de causer avec toi
Viens avec moi, fillette, je vais te raconter...

Sur mon itinéraire, j'aimerais traverser
La fraîcheur d'un tunnel
Et prendre un aller simple jusqu'à la terre promise
Il me faut une raison pour faire bouger les choses
Il me faut une raison pour planifier des trucs
Allez, viens-t'en, fillette, je voudrais te parler
Envoie donc, Rosalie! viens qu'on cause
tous les deux

J'ai plus besoin de toi que toi d'une raison
De me faire tant courir
Et suer sang et eau à appeler ton nom
C'est maintenant, pas demain, que j'ai
besoin de toi
C'est maintenant qu'il faut mordre
au jeu des libertés
Allez, viens-t'en, fillette, je voudrais bavarder
Envoie donc, Rosalie! viens qu'on cause
tous les deux

C'est tout ce que j'ai d'écrit. Je connais personne du nom de Rosalie. Je suppose que ça pourrait désigner n'importe quelle fille.

J'ai une idée pour le troisième couplet — comment, à force de courir, on empire le feu — mais je l'ai pas encore travaillée.

Je l'ai chantée en m'accompagnant à la guitare, et je me suis enregistré. Mais j'ai eu des doutes, ensuite, en m'écoutant. C'est ma manière de chanter qui cloche... on dirait le style d'un autre. Je devrais trouver mon propre style. J'irai pas bien loin en projetant la voix et l'image de quelqu'un d'autre. Mais ça prend le temps que ça prend, j'imagine.

Les paroles doivent te paraître quétaines à mort, à toi, un gars qui sait ce qu'il fait quand il écrit ses chansons. De toute façon, c'est un début. Faut tous commencer quelque part.

Pas vrai?
Terry

Le 8 août

Cher Bruce Springsteen,

John est revenu hier soir. Ç'a l'air qu'il a rencontré une fille dans un des terrains où il campait. Il m'a entretenu en détail des moments merveilleux qu'il a passés avec elle. M'a même montré les marques de baiser, comme preuve.

Ah, si je pouvais donc partir en vacances! Nous autres aussi, on faisait du camping, dans le temps. On chargeait la vieille camionnette et on partait à l'aventure. On avait jamais d'itinéraire bien précis, mais on continuait à rouler jusqu'à ce que papa décide d'arrêter. Une fois, comme ça, on s'était retrouvés en Nouvelle-Écosse. Mais ce temps-là est révolu, faut croire. Maman promet bien de nous emmener quelque part lorsqu'elle tombera en vacances. Mais elle prend toujours la peine de préciser:

— *Si* on en a les moyens.

Et c'est un bien gros «si»! D'ailleurs, elle peut pas prendre ses vacances avant novembre, et en novembre, l'école bat son plein, alors on pourra pas partir de toute façon.

Je me rappelle une fois... On campait quelque part dans un parc. Il devait être trois heures du matin quand on a tout à coup entendu un bardassage du diable à l'extérieur de la tente; les chaudrons revolaient autour de la table à pique-nique, et bien d'autres objets aussi. V'là-t-y pas que maman se met dans la tête que c'est un ours en liberté. Et qu'elle pousse un hurlement d'épouvante qui a sûrement réveillé une bonne moitié des campeurs. Papa a aussitôt risqué un œil dehors, par le rabat, en promenant le jet de sa lampe de poche alentour, juste à temps pour apercevoir une couple d'écureuils qui déguerpissaient vers le sous-bois. Sauf qu'il a pas rassuré maman tout de suite. Mais comme on a ri quand il s'est enfin décidé à lui dire ce que c'était! Maman était loin de trouver ça comique, au début, cependant, surtout quand il a fallu qu'elle s'explique devant la bande de curieux venus aux nouvelles!

Ensuite, par exemple, on a tous rigolé de bon cœur. Je me souviens de ce voyage-là comme si c'était hier.

Cet après-midi, on s'est remis aux haltères, John et moi, jusqu'à ce que Tonya arrive. Suffit de quelques jours sans entraînement pour qu'on s'en ressente drôlement. J'avais beau faire des pompes et des relèvements pour me garder en forme le temps que John était pas là, c'est pas pareil. Avec les haltères, on fait pas rien que semblant de suer.

On a discuté pas mal de notre idée de concert. John est moins certain qu'avant. Je le savais. Il a peur qu'on ait vraiment l'air fous si on foire. Il pense que les gens en auraient pas pour leur argent.

— Ben voyons, John, c'est à nous autres de voir à ce que le monde y trouve son compte. D'ailleurs, j'suis déjà allé voir les Smith, et ils se fient là-dessus.

Je pense que je l'ai peut-être convaincu qu'il fallait pas lâcher.

À vrai dire, ça commence à me préoccuper, moi aussi — de me demander comment organiser toute l'affaire pour que ça se passe bien. Mais pour moi, il est pas question de lâcher: je veux mener le projet jusqu'au bout.

La seule chose qu'on peut faire pour l'instant, c'est commencer à en parler un peu. Sans révéler de détails (comme à qui l'argent va aller, par exemple, et d'autres trucs du genre). L'idée, c'est d'essayer de stimuler un peu d'intérêt autour de l'événement, pour que les gens de l'école soient déjà conditionnés à la rentrée. On a mis Tonya dans le secret. Je dirais pas ça à John, mais ça équivaut à passer une annonce à la radio.

Je te tiendrai au courant.

Ton ami, l'organisateur de concerts,
Terry

Le 10 août

Cher Bruce Springsteen,

Ils divorcent.

J'aurais pensé que ça me mettrait en colère. Mais non. Ça me rend malade. Je suis effondré dans ma chambre, comme une masse, à essayer de voir ce que je devrais faire. Merde, j'suis pas capable de prendre ça!

Quand elle est entrée dans ma chambre, j'ai vu tout de suite, juste à son air, qu'il se tramait quelque chose. Contrairement à son habitude, elle a fermé la porte. J'ai baissé ma musique.

— Il faut que je te parle seule à seul, Terry.

J'ai seulement pas ouvert la bouche. J'ai levé les yeux sur elle. Je savais pas à quoi m'attendre.

Comme j'étais assis à la tête du lit, elle s'est installée au pied. Je venais tout juste de tirer les couvertures.

— Me semble qu'on se parle plus comme avant, commence-t-elle. Pourtant, ça me plaisait, nos petites conversations. J'avais l'impression qu'on se connaissait bien à l'époque; maintenant, j'en suis plus si sûre.

Et comme je haussais les épaules à demi, elle a ajouté:

— T'as changé, faut croire.

— Toi aussi.

— Je t'aime encore autant qu'avant.

C'est là que j'ai su que quelque chose se brassait. J'en étais presque gêné. La manière qu'elle a envoyé ça, ç'avait l'air vrai, et tout, mais on aurait dit qu'elle avait déjà préparé sa phrase avant d'entrer dans ma chambre. C'est bien simple, j'arrivais pas à la regarder en face.

— Ce que j'ai à t'annoncer va te faire mal, Terry, peu importe comment je vais m'y prendre.

Je l'ai dévisagée sans comprendre.

— Ton père et moi, on va divorcer.

Quand j'suis enfin venu à bout de dire quelque chose, tout ce qui est sorti, c'est un :

— Ça m'étonne pas.

Qui a fusé automatiquement, comme si je m'étais pratiqué d'avance.

— Je voudrais pas que tu te fâches, Terry. C'est mieux ainsi pour lui et pour moi, comme d'ailleurs pour Amanda et toi.

Je devais avoir l'air complètement assommé.

— Je le sais que c'est mieux. On pourrait plus jamais se remettre ensemble, ton père et moi. Alors autant rendre ça définitif.

— C'est à cause de ton type, pas vrai?

— Non, Terry, c'est pas à cause de lui.

J'aurais quasiment pu mettre ma main au feu que ce qu'elle disait était pas vrai. J'ai insisté:

— Je gage que oui.

Elle a rien répondu. S'est contentée de secouer la tête à quelques reprises.

— Fais ce que tu veux, que je lui ai lancé, et ça aussi, c'est venu comme si j'avais rien à voir avec les choses que je disais (en réalité, je sais pas moi-même ce que voulais dire par ça).

— Quoi qu'il arrive, t'as pas à t'inquiéter de quoi que ce soit. Tout va s'arranger.

Et elle est sortie. Sans doute parce que je restais là à pas dire grand-chose.

Alors, *j'ai pas à m'inquiéter*, selon elle?

Et le paternel, lui, qu'est-ce qu'il pense de tout ça? Comment ça se fait que je reçois pas de réponses de lui, hein? Que quelqu'un m'explique donc ça!

Terry

Le 12 août

Cher Bruce Springsteen,

J'ai eu le temps de repenser à ce qui est arrivé. Ç'a pas aidé.

Merde, même quand je sors, même quand je suis loin de l'appartement, c'est toujours là à me narguer, à me trotter dans la tête! Pas moyen de me changer les idées. C'est rendu que je peux plus tellement m'amuser.

John doit se douter de quelque chose, mais il posera pas de questions. Il comprend que je veux pas lui en parler. Je sais pas trop pourquoi, d'ailleurs. J'veux pas que le monde pense qu'il y a quelque chose qui va pas, j'imagine. Les autres ont tous l'air d'avoir une vie plutôt normale

— alors pourquoi la mienne le serait pas, hein?

Y a une chose que je songe à faire, et t'es le seul à qui je vais en parler. Et comme t'es pas mal loin, et que tu liras probablement jamais ma lettre de toute façon, ç'a pas beaucoup d'importance.

Je me propose de prendre le large, histoire d'aller voir si je pourrais pas découvrir le repaire du paternel. Qu'est-ce que j'ai à perdre?

Alors, cet après-midi, pendant que ma mère et ma sœur étaient parties à l'épicerie, j'ai fouillé la chambre de maman jusqu'à ce que je trouve la fameuse lettre qu'il lui a envoyée l'autre fois, avec les cent dollars dedans. Y avait pas d'adresse de retour, mais le cachet de la poste était assez lisible. Comme j'avais deviné, ça venait de Callum.

Au début, j'avais pas l'intention de la lire. Je l'avais d'ailleurs remise dans le tiroir, recouverte de tout ce qu'il y avait pardessus quand je l'ai trouvée. Mais finalement je l'ai ressortie. Y avait pas grand-chose dans cette lettre-là. Quelques lignes seulement. Elle était pas plus longue que celle qu'il m'a écrite à moi. La correspondance, comme je disais, ç'a jamais été son fort, au paternel.

Peut-être que c'est héréditaire. Parce que me voilà tout à coup à court de choses à écrire. J'ai rien qu'une idée en tête, et je t'ai déjà dit ce que c'était.

C'est tout,
Terry

Le 13 août

Cher Bruce Springsteen,

J'suis pas encore parti. J'ai failli, ce matin. Mais j'ai eu la frousse. Demain, par exemple, je l'aurai pas.

C'est la première fois que j'entreprends quelque chose du genre. Je t'avoue bien franchement que ça m'angoisse un peu.

J'ai fait pas mal de planification pour mon escapade. J'ai mis la main sur une carte routière, et je sais exactement où je m'en vais et comment je vais m'y rendre. Callum est à quelque chose comme deux cent cinquante kilomètres d'ici. Je vais commencer par faire du pouce; je verrai bien jusqu'où ça m'amènera et, au besoin, je prendrai l'autobus. J'ai pas plus d'argent qu'y faut, même avec ce que j'ai emprunté à John.

Ce qui m'angoisse le plus, au fond, c'est d'imaginer ce qui pourrait m'attendre, une fois rendu là-bas. Mais je changerai pas d'idée. Y plus a rien qui peut m'arrêter. Le fameux Nick s'est encore pointé à l'appartement, aujourd'hui. Oh, il est pas resté longtemps. Il a reconduit maman après l'ouvrage et il est entré quelques minutes. Elle l'a invité à souper, mais il a décliné. Je lui ai rien dit pour qu'il se sente le bienvenu. J'espère que le message a passé.

Après son départ, maman m'a lorgné de travers trois, quatre fois, mais elle a rien dit. Sauf qu'elle a pas fait grand souper non plus, ce qui en dit long, sans doute.

C'est pas que je l'aime plus. Je voudrais seulement que rien de tout ça soit arrivé, que les choses reviennent à ce qu'elles étaient avant que le paternel lève l'ancre. Ç'a jamais été le Pérou, mais c'était drôlement mieux que maintenant.

Souhaite-moi bonne chance,
Terry

Le 14 août

Cher Bruce Springsteen,

Les longues lettres t'ennuient pas, j'espère, parce qu'avec tout ce qui est arrivé depuis ce matin, j'en ai pas mal à te raconter.

Je t'écris de Callum; en fait je suis dans l'appartement où papa vit, avec cette femme, Charlène. Pas terrible, comme logement. Petit et pas particulièrement bien tenu. Un bon ménage lui ferait grand bien.

Après un long périple et pas mal de temps passé à chercher la trace du paternel, j'ai fini par aboutir ici ce soir.

J'ai quitté la maison, ce matin, vers dix heures en annonçant à maman que je m'en allais chez John et que je viendrais pas dîner.

— D'accord, Terry. Arrange-toi seulement pour être là à trois heures et demie.

Elle travaille en soirée, ces jours-ci, et elle doit arriver à l'hôpital pour quatre heures.

J'ai fait le tour de la maison pour ramasser le sac à dos que j'avais jeté de ma fenêtre de chambre. Y avait pas grand-chose dedans: des vêtements de rechange, ma brosse à dents et quelques cossins.

J'ai marché pendant vingt-cinq bonnes minutes avant d'atteindre la grande route. J'ai attendu une heure avant d'attraper mon premier pouce. Le gars s'en allait seulement à une quinzaine de kilomètres de là mais c'était toujours ça de pris. Il était pas très parlant, et ça faisait bien mon affaire. C'est mon deuxième pouce qui m'a fichu la trouille.

Même que j'ai hésité à monter tellement les gars avaient l'air partis. C'est là que je me suis dit: «Si tu te mets à faire le difficile, mon Terry, tu vas peut-être poireauter ici indéfiniment.» Mais j'étais pas dans la voiture depuis deux minutes que je le regrettais déjà. J'ai pris un risque que j'aurais jamais dû prendre. Ma mère en aurait fait une syncope.

Ils étaient trois dans une vieille Mustang, trois gars, tous plus vieux que moi. Deux qui avaient peut-être vingt ans et un autre qui en paraissait seize. En fait c'était un peu difficile de lui donner un âge, celui-là, parce qu'il dormait, recroquevillé sur le siège arrière à côté de moi. Une fois que j'ai été installé, le gars au volant m'a dit:

— Laisse ta fenêtre ouverte. Notre ami Pierrot, à tes côtés, eh bien, il vient de renvoyer tout ce qu'il avait dans les boyaux. On a eu beau l'essuyer de notre mieux, il pue encore. Ça lui apprendra, aussi, à essayer de boire du fort.

Le gars dans le siège du passager est parti à rire.

C'est là que j'ai vu le vomi séché sur sa chemise. Assez pour me faire dégobiller à mon tour. J'ai essayé de penser à autre chose, mais l'odeur fétide me laissait pas oublier longtemps.

Les deux gars en avant avaient pas l'air soûls. Seulement partis, comme je disais. Complètement partis. Le passager passait son temps à s'assoupir, puis à se réveiller quelques minutes pour s'assoupir encore. J'avais peur que le chauffeur en fasse autant et qu'il nous envoie dans le décor. Il conduisait pas mal vite. On aurait pu se retrouver morts tous les quatre.

Mine de rien, je me suis mis à chercher une ceinture de sécurité. J'en ai trouvé seulement une moitié. L'autre devait se trouver quelque part entre les bancs, ou en dessous du gars malade. J'étais de plus en plus nerveux.

Le chauffeur m'avait posé quelques questions quand j'étais monté: où j'allais et des trucs du genre, mais, voyant que j'étais pas trop parlant, il s'était pas cassé la tête. Sauf que là, c'est moi qui me suis mis à le bombarder de questions, pas par goût, remarque, mais parce que je me disais que ça lui garderait les yeux ouverts.

Ils s'en allaient à quelque cinq cents kilomètres plus loin que Callum.

— On s'en va chercher du travail. Les copains nous ont organisé une petite fête d'adieu hier soir, juste avant qu'on parte. J'ai p't-être dormi deux heures, en tout et partout, dans ma nuit.

Merveilleux! C'est tout ce que j'avais besoin d'entendre. C'est là que j'ai su que je devais continuer à le faire parler.

Les conneries que j'ai été capable d'échanger avec ce type-là, pendant presque une heure! Je me suis surpris moi-même! J'ai découvert que je pouvais vraiment donner le change — parler comme si j'étais un amateur de jupons qui passait ses grandes fins de semaine à courir des partouses qui viraient en beuveries et qui attendait juste le jour où il pourrait *enfin* acheter sa Corvette flambant neuve.

J'étais probablement pas si bon que ça, mais le gars avait pas toute sa tête à lui, de toute façon, alors mes histoires lui ont paru vraies. À force de jaser avec lui, j'ai vu que c'était un type pas pire, ce gars-là. Il s'est montré bien correct avec moi.

Ce qui me revenait toujours pas, cependant, c'était sa façon de conduire. Merde, par deux fois il a dépassé sur des lignes pleines! Après ça, j'ai essayé de le faire ralentir. Je lui ai raconté que le tronçon sur lequel on roulait était étroitement surveillé par la police, qu'un ami du paternel s'y était fait prendre justement, deux fois dans la même semaine. Y avait rien de vrai dans tout ça, bien sûr, mais fallait que je fasse quelque chose.

Ce qui m'a aidé, aussi, c'est ta musique. J'ai amené la conversation sur toi et, une fois que j'ai découvert que certaines de tes chansons lui plaisaient, j'ai su que je pourrais trouver plein de choses à lui dire pour lui faire oublier d'aller aussi vite. Je lui ai raconté toutes sortes d'histoires qu'il ignorait complètement à ton sujet, comment t'es venu à écrire certaines chansons, par exemple, parmi celles qu'il aimait. Je l'ai même convaincu d'acheter *Nebraska*.

— Je l'aime, ce gars-là, qu'il m'a dit à la fin. Il fait de la vraie bonne musique, qui se laisse bien écouter en conduisant. Mais malgré tout, j'aime encore mieux Seger.

J'suis certain que tu peux prendre ça.

Parle, parle, jase, jase, on a fini par atteindre une petite ville, à une soixantaine de kilomètres de Callum. Je savais qu'il devrait prendre de l'essence. Ça faisait des kilomètres que j'avais décidé d'en profiter pour débarquer. Alors quand mon bonhomme a arrêté la voiture près d'une pompe, je lui ai dit que j'allais téléphoner à un copain qui habitait tout près, et que j'irais passer quelques heures chez lui.

— D'accord, il a fait, salut bien.

— Et oublie pas de te l'acheter, cet album! je lui ai rappelé en descendant de voiture.

Puis je leur ai lancé un petit bonjour rapide, à lui et à son copain d'en avant. Le gars qui marinait dans sa vomissure derrière avait toujours pas bougé.

J'ai attendu qu'ils aient repris la route pour sortir de la cabine téléphonique, et j'ai demandé au pompiste où s'arrêtait l'autobus de Callum. C'était pas loin. Ça m'a pris une dizaine de minutes pour m'y rendre à pied.

J'avais décidé de faire le reste du trajet en autobus. Cette randonnée m'avait un peu dégonflé. Pourquoi tenter le sort? J'avais trois quarts d'heure à attendre avant l'arrivée de l'autobus, mais j'étais pas pressé. J'aimais mieux arriver où j'allais en un seul morceau. Du pouce, moi, j'en fais pas souvent. Peut-être que je m'habituerais, à force d'en faire.

La randonnée en autobus a été tout le contraire de l'autre — ennuyante comme la pluie. Sauf qu'y avait toutes sortes de questions qui s'insinuaient dans ma tête: est-ce que j'avais raison de faire ce que je faisais? est-ce que maman avait déjà commencé à s'inquiéter? qu'est-ce que je ferais si j'arrivais pas à trouver le paternel? Ça me déprimait pas mal de ressasser toutes ces idées, mais à un moment donné, je me suis raisonné: «Garçon, y a pas trente-six façons d'en avoir le cœur net! D'ailleurs, abandonner maintenant servirait rien qu'à empirer les choses.»

Sitôt descendu à Callum, je me suis précipité dans une cabine téléphonique et j'ai fouillé dans l'annuaire jusqu'à ce que je tombe sur le BJ. C'est pas le numéro de téléphone qui m'intéressait, je voulais juste savoir sur quelle rue il était, ce club.

Sortant du terminus, j'ai scruté la rue à gauche, puis à droite. Je savais pas trop quel bord prendre, alors j'ai opté pour celui qui avait l'air le plus achalandé. Mais au bout d'un moment, je me suis ravisé et j'ai demandé mon chemin.

Ça m'a pris presque une heure à arriver en vue du club. J'ai croisé une demi-douzaine de restaurants et de bineries sur la dernière partie du trajet et je me suis décidé à casser un autre billet de cinq pour m'acheter des frites. Histoire de retarder un peu mon arrivée au BJ. J'avais besoin de ces quelques minutes pour me préparer.

Interdit aux mineurs, précisait l'écriteau posté à l'intérieur de la porte de façade. J'en ai pas tenu compte. Il faisait vraiment noir là-dedans, sans doute à cause du soleil qui brillait si fort au dehors. Les seules lumières éclairaient le bar et les tables de billard. Y avait pas grand monde non plus, seulement deux joueurs de billard et quelques types debout près du bar en avant. Je me suis donné une bonne minute, histoire de m'habituer les yeux, puis, je me suis dirigé en avant, en longeant les tables vides.

Le barman m'a décoché un regard qui signifiait que je faisais mieux d'avoir une bonne raison d'être là. Sans lui laisser le temps de m'avaler tout rond, j'ai demandé à voir le gérant.

— Le gérant? Y est pas ici.

Alors je lui ai expliqué qui je cherchais et je lui ai demandé s'il savait où je pourrais le trouver. Tout le monde s'était arrêté pour me dévisager.

— C'est mon père.

Les sourcils du barman se sont soulevés et sa lèvre inférieure s'est avancée en une moue.

— Ouais? T'es sûr?

À sotte question, point de réponse, dit le proverbe. J'ai attendu. Alors un gars qui était debout devant le comptoir est intervenu:

— Le gars connaît son propre père, Tom.

— Où est-ce que je peux le trouver? j'ai encore demandé.

— Il habite dans un immeuble à appartements, le Birchwood. Demande-moi pas dans quel appartement, par exemple, je le sais pas.

J'ai pas niaisé là; j'suis tout de suite sorti pendant que je tenais encore le haut du pavé.

De retour au soleil, j'ai dû arrêter trois personnes avant qu'on puisse m'indiquer la direction du Birchwood.

C'était pas tellement loin, heureusement. Ça m'a pris vingt minutes. Jusqu'à ce que j'aperçoive l'immeuble en question, tout ce que j'avais fait depuis le matin me paraissait irréel. Mais là, soudain, ça m'a donné un grand coup: «Ça y est», que je me suis dit. Et tout m'est revenu avec force: toutes les choses que je voulais dire à mon père et que j'avais pratiquées dans ma tête, tout. Ça me rendait nerveux sans bon sens. C'est pas normal d'être nerveux à l'idée de voir son propre père.

Vu de l'extérieur, le Birchwood ne paye guère d'apparence. Il aurait besoin d'une repeinture complète. Une terrasse lui ferait pas de tort, non plus, ni quelques arbres ici et là, tout le tour. Et sitôt le pied dans l'entrée, j'ai su que l'intérieur serait à l'avenant.

J'ai attendu dans le vestibule que quelqu'un d'autre arrive. Y avait des noms sur les boîtes aux lettres, mais celui du paternel brillait par son absence. Le 106 indiquait «Charlène Simon». Une femme est alors descendue d'un taxi, chargée de sacs d'épicerie. Je lui ai ouvert la porte extérieure et, pendant qu'elle farfouillait dans son sac pour retrouver sa clé, je lui ai demandé si elle savait dans quel appartement il logeait.

— Au 106, je pense. C'est au sous-sol.

Je lui ai expliqué que c'était mon père alors elle a rien dit quand j'ai passé la porte derrière elle.

Il me restait plus qu'à aller à l'appartement et à appuyer sur la sonnette. Ce que j'ai fait. J'ai sonné par deux fois. Je savais que ça sonnait à l'intérieur, j'entendais. Puis j'ai cogné. Toujours pas de réponse. Coup d'œil à ma montre: il était presque sept heures trente. Je me suis assis par terre, dos contre le mur, et j'ai attendu. Chaque fois que j'entendais venir quelqu'un, je me relevais en vitesse.

C'est seulement une grosse heure plus tard que je l'ai vu arriver. Il portait la même casquette de base-ball que je lui avais toujours vue sur la tête. Des jeans neufs, mais la même boucle de ceinture Budweiser. Y avait une femme derrière lui.

Comme il approchait, j'ai détourné le visage et c'est seulement quand il eu le nez sur la porte qu'il m'a reconnu. Du coup, le voilà qui s'écrie:

— Terry! Sacré bon Dieu!

Et qui me passe le bras autour de l'épaule pour me serrer contre lui.

— Veux-tu bien me dire, dans le monde, d'où tu viens comme ça?

Pour toute réponse, je lui souris. Comment lui dire?

— T'as grandi, dis donc! Hé, bonhomme, j'suis ben content de te revoir!

— J'suis ben content, moi aussi.

Il reste là, pendu à mes lèvres. Alors, je hausse les épaules, soulagé sans doute par cet accueil exubérant.

— Allez, viens, dit-il en se tournant pour déverrouiller la porte, prends ton sac à dos et amène-toi en-dedans. Je te présente Charlène, ajoute-t-il.

Elle, elle doit avoir deviné qui je suis, je suppose.

— Excuse l'état de la maison, dit-elle en entrant.

En effet, c'était plutôt à l'envers. Et ça l'est toujours. Pour moi, ça fait des semaines que le ménage a pas été fait.

Bien sûr, le paternel a voulu savoir toutes les péripéties de mon voyage. Quand il a compris que maman était au courant de rien, il lui a téléphoné pour lui dire où j'étais. Il voulait que je lui parle, mais j'ai pas voulu. Je savais qu'elle rappellerait avant longtemps. Demain sans doute, telle que je la connais. Et d'ici là, elle aura peut-être un peu décoléré.

Le paternel était affamé de nouvelles. On s'est assis dans le salon tous les deux et on a piqué une bonne jasette. Jusqu'à ce que Charlène sorte de la salle de bains, tout endimanchée, pour rappeler à papa l'heure qu'il était. Alors il a fallu qu'il aille s'habiller, lui aussi. C'est bien comme je pensais: il fait partie d'un groupe, et il joue ce soir.

Et tandis que Charlène réintégrait la salle de bains, il a traversé le couloir jusqu'à sa chambre, en me laissant réfléchir à tout ça.

Papa est ressorti de la chambre, pressé, mais désolé de m'abandonner si tôt après mon arrivée.

— Je comprends ça, papa.

— Dommage que tu puisses pas venir avec moi. Fouille dans le frigo, tu trouveras de quoi manger.

Puis, en passant la porte avec Charlène, il a ajouté:

— J'suis content que tu penses encore à ton père, Thierry.

Et voilà! C'est comme ça que je suis ici, dans leur appartement, en train de t'écrire. J'ai bien fait d'apporter mon propre papier. Aucune chance d'en trouver ici-dedans.

J'ai encore faim. Y avait du pain, et je me suis fait des rôties, que j'ai mangées avec une tasse de café. Ah oui, et une de ces petites canettes de salade de fruits, aussi. Mais c'est à peu près tout ce que j'ai été capable de regarder sans avoir mal au cœur. Quant à ce qu'y avait dans le frigo... ça vaut même pas la peine d'en parler — rien que des restes, et desséchés par-dessus le marché. Ils doivent manger à l'extérieur plus souvent qu'autrement, si j'en juge par les fourchettes de plastique et les sachets de sel qui traînent un peu partout.

Et c'est pas tout ce qui traîne. J'ai vu une coquerelle dans un cendrier. Et du papier à rouler les cigarettes. J'suis certain qu'ils fument du pot. C'est pas que ça me dérange. Ça me surprend un peu du paternel, voilà tout.

Veux-tu que je te dise? Les logements en sous-sol, moi, ça me fout les bleus. Je comprends pas le paternel de vouloir vivre ici. Chose certaine, maman serait jamais capable d'endurer ça. C'est justement une chose qu'il avait de la misère à supporter à la maison: cette exigence que tout soit propre et à l'ordre en tout temps. Malgré tout, je peux pas me faire à l'idée qu'il se plaise dans cet appartement.

Bon, bien, il se fait tard, et je suis réellement fatigué, d'autant plus que je suis devenu un peu dingue à force d'écrire. Elle va bien peser une tonne, cette lettre! J'espère que je t'ai pas donné l'impression de baver au coin de la bouche. Si oui, mes excuses. J'ai rien inventé. C'est comme ça que ça s'est passé.

Je vais m'étendre sur le divan maintenant, et faire un somme en attendant qu'ils reviennent.

Je voudrais pas te donner l'impression que je regrette d'être venu. Pas du tout.

C'est merveilleux de revoir le paternel. Je savais pas à quoi m'attendre et maintenant, je le sais. Voilà. Tout va finir par se remettre en place.

Prends ça «cool»,
Terry

P.S. On est le lendemain. (Je sais que cette lettre est déjà d'une longueur respectable, mais je veux ajouter ce qui suit. Et tant pis si je dois refaire l'enveloppe.)

Je les ai entendus quand ils sont rentrés hier soir. Impossible de pas les entendre. Ils riaient tous les deux de l'autre bord de la porte. Ça m'a réveillé, mais j'ai fait semblant de dormir. Charlène riait comme une vraie folle — elle était pas capable de s'arrêter. Ils sont entrés, et, pendant un bout de temps, ç'a été la grande tranquillité.

Elle s'est dirigée vers la chambre au bout du couloir et lui, il s'est approché du divan; longtemps, il est resté ainsi, debout à côté de moi. J'ai pas bronché. Puis il s'est éloigné, mais il est revenu avec une couverture qu'il a jetée sur moi. Après un moment, il a éteint et il s'est en allé dans la chambre. J'ai entendu la porte se refermer. Puis Charlène s'est remise à rigoler. Et ça m'a pris pas mal de temps à retrouver le sommeil.

Le 16 août

Cher Bruce Springsteen,

Je t'écris du terminus. Mon autobus arrivera pas avant une heure. Me semble que je passe la moitié de mon temps à attendre les autobus, ces jours-ci.

Papa et moi, on a eu deux bonnes journées ensemble. Je regrette pas de m'en aller; je regrette seulement que ça doive finir en queue de poisson comme ça. J'ai simplement fait mes bagages et filé pendant qu'il était pas là. J'aurais voulu avoir le cran de lui dire bonjour face à face. Mais j'ai pas pu, je savais qu'elle serait probablement là. Voilà, c'est comme ça que je me retrouve au terminus. (J'ai quand même laissé une note.

Une note qui disait pas grand-chose, d'ailleurs.)

On n'a pas vraiment eu l'occasion de se parler beaucoup. En tête à tête, je veux dire. Notre meilleur moment, c'est les deux heures que j'ai passées avec lui au club, hier après-midi, pendant une répétition du groupe. Le gérant m'a permis de rester, à condition de me tenir à l'écart. Il m'a installé dans un petit coin sombre, près de la porte d'une réserve.

Le paternel a fini par avoir ce qu'il voulait — la chance de gagner sa vie à jouer dans un groupe rock. Ça fait un fichu de bout de temps que je l'ai pas vu aussi heureux. Les gars jouent rien de très lourd, surtout du rock and roll du bon vieux temps — *Creedence*, *Chuck Berry* et le vieux Kinks. Tu devrais les entendre quand ils lâchent leur fou. Ils se font appeler *Backstreets*. Ça te rappelle pas quelque chose? Ils jouent bon nombre de tes chansons aussi, celles qu'ils sont capables de manœuvrer, surtout les plus nouvelles. Et c'est pas si mal, ce qu'ils font. Le gars au clavier joue aussi du saxophone. C'est pas Clarence, évidemment, mais qui peut se comparer à Clarence? Leur répertoire comprend également quelques-unes de leurs propres tounes. Je doute que leur musique soit du genre à se vendre en disque mais c'est un début, comme dit si bien le paternel.

À l'entendre, on voit qu'il a de gros projets.

Lui et deux de ses collègues musiciens sont venus s'asseoir à ma table pendant une pause. Papa m'a glissé le reste de sa bière et s'en est commandé une autre. Je la lui avais pas demandée et je me sentais pas trop trop à ma place en train de boire, comme ça, mais personne a eu l'air de s'apercevoir de rien. À travers les plaisanteries qu'ils s'envoyaient sur les filles, les parties, et d'autres trucs du genre, les autres m'ont posé quelques questions sur moi-même. Ils sont tous les deux plus jeunes que le paternel; pas mariés, ni l'un, ni l'autre. J'imagine qu'ils cherchent à prendre du bon temps.

J'espère que leur groupe se dispersera pas. Quand le paternel parlait de ceux dans lesquels il jouait dans son jeune temps, il soupirait toujours:

— Comme on aurait été bons si on était restés ensemble!

Je vois bien qu'il y compte pour de vrai cette fois-ci. J'espère que ça va marcher pour lui. Ça m'a l'air d'être une bande de gars bien corrects. Aucun d'entre eux est lié à un autre emploi, et ils ont tous l'air d'avoir du cœur au ventre et d'essayer à fond. Comme le paternel m'a fait remarquer, ça fait juste cinq mois qu'ils sont ensemble et déjà, ils commencent à se faire un nom. Et ça peut rien qu'aller en s'améliorant. Pourvu qu'il se trompe pas. Est-ce que ça serait pas merveilleux s'ils devenaient effectivement célèbres un jour? D'ici là, j'aurais vieilli, et je pourrais les accompagner en tournée, non? Et même jouer avec eux, qui sait?

En les entendant, j'ai vraiment ressenti en moi une frénésie de monter sur scène. Je sais bien que je serais pas capable de faire face à la musique, pas encore, en tout cas. Mais je sais aussi que c'est *ça* que j'ai envie de faire un jour. Comme il dit, le paternel, on sait pas à quel point on peut être bon tant qu'on s'est pas mis en tête de le devenir. Venant de lui, ça veut certainement dire quelque chose.

Cet après-midi-là a été le meilleur moment de tout mon séjour. Si j'avais pu retourner au club tous les jours, je serais resté à Callum. Mais le gérant était pas enchanté de me voir rôder autour et puis aussi, après ce soir, le groupe s'en va jouer en dehors pour quelque temps. Papa aurait été d'accord que je reste à l'appartement si j'avais voulu; mais je voyais mal comment, avec Charlène dans les parages. J'vois vraiment pas ce que papa lui trouve.

Mais je veux pas m'embarquer là-dedans. Disons qu'après avoir analysé les choix qui s'offrent à moi, je préfère encore être à la maison. Maman va sans doute me passer un vrai savon à propos de ma fugue, mais je ferai face à ça en temps et lieu. Je voudrais seulement...

Une heure plus tard... Je me suis fait interrompre. Me voici maintenant dans l'autobus. Mais je vais devoir attendre les arrêts pour finir ma lettre, parce que c'est vraiment difficile d'écrire dans un autobus en mouvement.

Papa s'est amené au terminus avec, sur la tête, sa sempiternelle casquette de base-ball. En entrant, il a regardé tout le tour puis il a traversé la salle d'attente pour venir s'asseoir à côté de moi. Mais on savait pas quoi dire ni l'un ni l'autre. En fin de compte, j'ai lâché, comme ça:

— Je pense que c'est le temps que je m'en retourne.

— Personne t'a demandé de partir, tu sais. En ce qui me concerne, tu peux rester aussi longtemps que tu veux.

— J'le sais.

Y avait du monde autour, alors j'ai pris mon sac et on est sortis. On a marché en silence jusqu'au bout du bâtiment. Ça nous donnait rien d'aller plus loin. Je retournais pas avec lui.

— Dommage qu'on ait pas eu plus de temps ensemble, Terry.

— Ouais.

— Si j'avais su que tu venais, aussi, j'aurais pu m'organiser un peu mieux. Tu m'as pris à un bien mauvais moment. J'pouvais pas annuler le voyage à Leamington.

— J'sais ça.

— Y a des choses que j'suis jamais venu à bout de te dire.

Je lui ai décoché un rapide coup d'œil, mais ça allait mieux, pour lui comme pour moi, quand on regardait ailleurs. Il a enchaîné:

— Que c'est dur de trouver les bons mots pour dire ça!

— Tu reviens pas vivre avec nous.

Il se décidait pas à le dire. Je l'ai regardé et il a haussé les épaules à demi. J'ai voulu savoir:

— Ben quoi, t'es pas certain?

— Ouais, j'suis certain. C'est juste que... me semble que, dans un sens, c'est pas correct.

— Pas correct? Pour qui?

— Pour toi, j'imagine.

— T'inquiète pas de moi.

— Ta mère me dit que t'as de la misère...

— J'suis capable de le prendre.

— Faut que tu te mettes dans la tête que les choses peuvent pas s'arranger entre elle et moi. On veut pas les mêmes choses tous les deux. Elle est bien comme ça. Plus heureuse, si ça se trouve. Et Amanda — je pense pas que ça la dérange tellement.

— Mais toi, la vie que tu mènes, ça te rend heureux?

— Moi? Les attaches, ça me réussit pas.
— T'aurais dû y penser avant de te marier.
— L'erreur est humaine, mon garçon.
— Oui, regarde-moi. Ton erreur numéro un.

Ça, ça l'a vraiment touché au vif. Et j'en suis bien content.

— Terry. Merde, c'est pas vrai!
— Comment ça se fait que tu me donnes jamais de nouvelles, alors? Tu pourrais m'écrire, non? Ou me téléphoner? Tout ce que j'ai reçu de toi, c'est une seule petite lettre à cinq cennes!

C'est là que je me suis mis à pleurer. Impossible de me contrôler, merde!

— Je pensais que ce serait mieux comme ça. Ça donne rien de s'accrocher au passé quand on essaie de se faire une vie nouvelle. Et ça vaut pour toi comme pour moi. Puis, de toute façon, j'suis pas fort sur les lettres, tu le sais bien.
— Mais tu pourrais essayer. Tu peux pas m'oublier juste comme ça.
— Je pense à toi chaque jour que le bon Dieu amène.
— Ouais, on sait bien!
— C'est vrai.
— Comment veux-tu que je te croie?

Là, papa m'a passé le bras autour de l'épaule.

— J'vais essayer de faire mieux, mon gars. Promis.

J'ai essayé de le regarder dans les yeux, histoire de voir s'il était sincère. Mais ces fichues larmes embrouillaient tout!

— C'est une promesse, Terry. Je vais t'écrire ou te donner des nouvelles aussi souvent que je pourrai.

Il a desserré son étreinte. Après ça, on est restés silencieux pendant un long moment (ça m'a semblé long en tout cas). Et voilà que j'ai été pris d'une impulsion tout à coup.

— Tu veux que je te dise quelque chose, papa?

— Quoi donc?

— Eh bien, je te la prends, cette casquette.

Et je la lui ai enlevée de sur la tête pour la fourrer dans ma poche de jean.

— Hé, fiston, ma casquette préférée!

— J'le sais. J'vais t'en envoyer une autre, c'est promis.

Puis on s'est tous les deux mis à en rire, ou enfin à en sourire...

Juste avant de monter dans l'autobus, je lui ai dit, comme ça:

— Ce groupe dans lequel tu joues, eh bien, il est pas pire, tu sais. Vaut mieux que tu y restes.

Et voilà!
Terry

Le 16 août

Cher Bruce Springsteen,

Deux lettres dans la même journée. Je vais utiliser une seule enveloppe et économiser un timbre.

Jusqu'ici, maman m'a pas dit grand-chose. Papa lui avait téléphoné pendant que j'étais à bord de l'autobus. Ç'a dû aider pas mal.

Elle est venue me chercher au terminus en voiture pour que j'aie pas à revenir à pied. Elle a échangé son quart avec celui de quelqu'un d'autre.

Y avait quand même un peu de tension dans l'air. Mais, même si je lui ai pas dit clairement, je pense qu'elle a compris que c'est pas d'*elle* que je me suis sauvé. Que c'était simplement quelque chose que je devais faire pour en avoir le cœur net.

Sur le chemin du retour, elle a commencé à me questionner sur papa et sur ce qu'il faisait. Je lui en ai dit des bouts, mais je lui ai pas raconté toute l'histoire. Y a des choses qu'il vaut mieux garder entre le paternel et moi.

Je lui ai un peu parlé de Charlène. Je me disais que c'était ça qui l'intéressait le plus, de toute façon. Ce que j'avais à en dire était pas très reluisant, et ç'a semblé la satisfaire. J'ai pas menti non plus. Elle est vraiment un peu conne, Charlène.

Mon gars, je vais t'avouer une chose : j'ai trouvé ça bon de rentrer chez moi pour prendre un bon repas. Et, crois-le ou non, j'étais même content de revoir Amanda. Pour dessert ce soir, y avait de la tarte au citron maison. Maman sait que j'en raffole. Et ça arrive pas souvent qu'elle se donne tout le trouble d'en faire. J'en ai mangé plus de la moitié à moi tout seul au souper et le morceau qui restait, eh bien, je l'ai devant moi en ce moment même et il fond à vue d'œil.

J'ai appelé John tantôt. On aurait dit, à l'entendre, que j'avais été parti un mois. Il voulait savoir tout ce qui m'était arrivé.

— On va se voir demain et on va en parler.

Du groupe rock, surtout. J'suis certain qu'il va *triper* là-dessus!

Mais pour l'instant, tout ce que je veux c'est m'étendre sur mon lit et passer un peu de temps à essayer de mettre les choses en ordre dans ma tête.

J'suis certain maintenant que j'ai eu raison de partir comme je l'ai fait. Il fallait, en quelque sorte, que je voie plus clairement à quel point ils sont différents l'un de l'autre. Et moi, eh bien, je pense que je me situe quelque part à mi-chemin. Personne a jamais pu dire auquel des deux je ressemble, physiquement, et je sais pas vraiment à qui je m'apparente le plus à d'autres points de vue. Avant-hier, quand j'suis parti, je pensais que je le savais, mais maintenant, j'en suis plus si sûr. Pour certaines choses, je suis encore plus mêlé que je l'étais auparavant. Mais j'ai accompli ce que je voulais faire. Fallait que je voie le paternel. J'espère seulement que, de son côté, il va tenir parole.

Tu sais ce qui m'est passé par la tête, également? Une chose que t'as déjà racontée à propos de ton père — que t'avais jamais été capable de t'entendre avec lui quand t'étais plus jeune et qu'il a fallu que tu prennes le large — mais que tu le comprends mieux maintenant, et que tu comprends aussi tout ce qu'il a traversé. Peut-être que c'est un peu comme ça avec papa. Peut-être qu'il a voulu me donner quelque chose qu'il a jamais eu lui-même. Il devait se dire que ça valait mieux, pour lui comme pour moi, qu'on vive éloignés l'un de l'autre. Qui sait? Je me demande ce que son paternel à lui représentait à ses yeux pendant qu'il grandissait. Ça, c'est un sujet qu'on a jamais abordé ensemble.

Y a une chanson que j'ai fait jouer pas mal depuis mon retour. C'est *My Hometown*. J'en finis pas de l'écouter.

À force de te faire bombarder de toutes mes lettres, tu dois penser que j'suis complètement détraqué. Ou plutôt, tu vas peut-être le penser *si* jamais tu finis par les lire. Détrompe-toi, je suis pas détraqué. Et ta musique y est certainement pour quelque chose. Je dis ça très sérieusement.

Maintenant je vais pouvoir me coucher. Et peut-être vraiment bien dormir, pour faire changement.

Bonne nuit,
Terry

P.S. Je savais pas que ce lit-là pouvait être aussi confortable!

Le 19 août

Cher Bruce Springsteen,

Ça fait trois jours que j'suis revenu et je le regrette pas encore. À vrai dire, j'ai pas eu grand-temps pour y penser: mine de rien, maman a laissé échapper, comme ça, quelques petites insinuations sur des corvées que je pourrais faire autour de la maison. J'ai comme l'impression qu'elle cherche à me tenir occupé, pour que j'aie pas le temps de penser à moi, justement. Et jusqu'ici, ça marche, faut croire. J'imagine que c'est une manière de test qu'elle me fait passer, aussi. J'sais pas trop ce que je veux dire par ça, mais c'est comme si elle avait besoin de se rassurer, de savoir que je veux réellement être ici.

Elle me fait peinturer le salon. Je t'avoue même que je *tripe* un peu là-dessus. Ça me donne l'impression d'être utile, et une bonne excuse pour mettre la musique à tue-tête. Comme je lui ai expliqué:

— La musique, tu vois, ça m'empêche de me tanner.

T'as déjà essayé de peinturer en écoutant *Blinded by the Light*? Ça te stimule le coup de pinceau, ça, mon gars!

Je passe pas mal de temps chez John, aussi. On avait du rattrapage à faire. J'ai repris mon entraînement aux haltères. J'étais un peu raide à la première séance, mais maintenant, ça va. Je peux pas encore prétendre au titre de Monsieur Muscle, mais je me suis regardé dans le miroir ce soir, et je vois une grosse différence. Une grosse. C'est vrai.

J'ai raconté à John les principales péripéties de mon voyage, comme ma randonnée sur le pouce et mon enquête pour retrouver le paternel. Et, bien sûr, je lui ai parlé du groupe rock. Il a eu l'air de *triper* là-dessus, surtout quand je lui ai décrit les chansons à son répertoire et tout. J'ai bien vu, à sa façon de réagir, qu'il a pas abandonné l'idée qu'on puisse un jour former notre propre groupe.

Et écoute bien ceci: paraît que la nouvelle de notre concert en synchro se répand comme une traînée de poudre. John me dit que presque tout le monde en a entendu parler, et que déjà des tas de filles lui téléphonent ou l'arrêtent dans la rue pour lui dire qu'elles veulent participer. Il s'est mis à me les énumérer, tout excité. D'après lui, on va être obligés de tenir des auditions.

C'est formidable! On peut pas faire grand-chose avant que l'école recommence. Mais la rentrée, c'est dans deux semaines! Je peux pas le croire. En un sens ça m'assomme rien que d'y penser. Les devoirs, par exemple, voilà une chose dont je me passerais avec plaisir. D'un autre côté, pour pouvoir mettre le concert en chantier, vivement l'école!

Eh bien, autant profiter au maximum de ces deux semaines. Tu me connais — les soûleries, les femmes en folie, mes distractions habituelles, quoi!

Du calme,
Terry

Le 22 août

Cher Bruce Springsteen,

Je comprendrai jamais les filles! Elles se sont jamais occupé de toi de toute ta vie, mais voilà, que du jour au lendemain, elles se mettent à t'appeler en te faisant accroire que tu leur plais depuis toujours, sauf que tu le savais pas. Qu'est-ce qui se passe? J'y comprends rien. Avant mon départ, c'était comme si j'avais un numéro confidentiel. Mais depuis mon retour, le téléphone dérougit pas! C'est trop pour moi!

C'est que, vois-tu, la rumeur de notre concert fait des ravages et, tout à coup, c'est la grosse affaire dans laquelle toutes les filles veulent embarquer. Elles rêvent toutes de devenir des étoiles du rock. Naturellement, c'est les détails qui les intéressent, et les détails, je peux pas leur donner. J'suis même pas certain que le projet fonctionne. Je leur réponds qu'il va falloir attendre la rentrée.

— Je peux faire Madonna, dis?

Y a six Madonna et trois Cyndi Lauper qui m'ont téléphoné. Sans parler des Heart, des Pointer Sisters, et alouette! Même les gars commencent à me relancer, maintenant. Pour faire les Rolling Stones, ZZ Top, AC/DC. Et même Kiss. J'sais plus quoi faire. J'ai eu trois appels pour toi, aussi. Mais je leur ai dit que t'étais déjà réservé. C'est rendu que je débranche le téléphone.

J'ai vu John hier, et je lui ai dit qu'il fallait faire quelque chose.

— On va devenir fous si ça continue de même.

— Hé, bonhomme, plains-toi pas, qu'il a répondu.

Parce que lui, il *tripe* là-dessus. Ça l'excite de se faire téléphoner par toutes ces filles. J'en ai rigolé un coup!

Bon, bien, y reste plus rien qu'à prendre notre mal en patience. Kirkland est parti à Disney World avec sa femme et ses enfants et il reviendra pas avant la rentrée. Les seuls plans qu'on peut faire d'ici là concernent la durée du concert, le prix des billets, des trucs du genre. Avant de s'attaquer à l'organisation proprement dite, on va d'abord attendre d'être certains d'avoir un endroit pour le monter, notre spectacle.

La tête commence à me bourdonner. Et je m'inquiète aussi, parce je sais que les gens en attendent beaucoup. Si toute l'affaire foirait, hein? J'aurais l'air cave pas mal. Bien sûr, vaudrait mieux que je voie ça dans l'autre sens et que je me demande ce qui arriverait si ça faisait un malheur? Quoi qu'il arrive, c'est sur moi que l'attention va se porter.

J'en ai discuté un peu avec maman. Fallait bien. Fallait que je lui explique le pourquoi de tous ces coups de téléphone. Elle est vraiment tombée des nues! Que je me sois même essayé à un tel projet l'a renversée, surtout quand je lui ai dit où iraient les profits. Ah, elle me connaît pas aussi bien qu'elle pense, ma mère! En tout cas, voilà ce qu'elle m'a conseillé:

— Tu devrais pas t'en faire pour toi-même, Terry. C'est aux gens pour qui tu organises ça que tu dois penser.

C'est vrai. Bob Geldof, quand il chantait dans *Live Aid*, il s'inquiétait pas de ce que personne d'autre pouvait penser de lui. Tout ce qu'il voulait, c'est que le monde envoie de l'argent.

Faut que ça reste bien clair dans ma tête. Puis j'ai pensé à toi, aussi; j'sais que tu fais des dons de charité à même les profits de chacun de tes concerts. Et je pense pas que tu passes ton temps à t'inquiéter de ce que les gens pensent de toi. Tu continues simplement à jouer ta musique.

Autrement, il y aurait vraiment de quoi devenir dingue. Du moins, c'est comme ça que je le vois.

Non? Oui.
Terry

Le 26 août

Cher Bruce Springsteen,

J'ai reçu une lettre du paternel. Pas très longue, mais y a rien là: il a tenu parole.

Il a commencé par les formules habituelles, style *Comment ça va? J'espère que t'as fait un bon voyage de retour*, et tout le tralala. Mais pour le reste, il a parlé que de son groupe rock. Il a deviné que ça m'intéresserait, et aussi, je suppose, il savait peut-être pas trop quoi me dire d'autre.

À ce qu'il me raconte, ça va super bien pour le groupe. Ils ont eu un gros succès à Leamington, et le gérant de l'établissement les a réservés pour une semaine complète en octobre. En ce moment, ils jouent encore surtout au club où j'suis allé l'autre jour. Mais il dit qu'ils commencent à recevoir de plus en plus d'offres pour se produire à l'extérieur. Ils sont en train de se faire un nom. C'est ça qu'ils visent, d'ailleurs — se monter une réputation en jouant dans le plus d'endroits possible.

Il raconte pas grand-chose à part ça, mais ça m'a fait drôlement plaisir de recevoir sa lettre. Il a fallu que je lui réponde, après ça. Tu serais porté à croire qu'avec toute la pratique que j'ai à t'écrire, j'aurais pas de problème avec ça, pas vrai? C'est bien ça que je me disais, moi aussi, avant de commencer. Mais devant ma feuille de papier, j'arrivais tout simplement pas à trouver les bonnes choses à lui dire. J'voulais pas trop parler de maman et d'Amanda (des plans qu'il pense que j'essaie de lui donner des remords). Et j'avais pas envie non plus d'aborder des sujets trop personnels, comment je me sens par exemple par rapport à lui, ou des trucs du genre. Alors j'ai fini par lui parler de nos plans pour le concert; la quasi-totalité de la lettre y a passé. Je lui ai ensuite transmis quelques nouvelles de par ici qui pouvaient l'intéresser, et j'ai mis le point final. Sauf qu'en plus, je lui ai acheté une casquette de base-ball (j'en ai trouvé une avec le mot «ROCK» écrit dessus) et je l'ai envoyée avec la lettre.

J'ai mis tout ça à la poste aujourd'hui.

Paraît que tu joues à Toronto, ce soir. En fait, t'es en train d'électriser la foule en ce moment même. Que j'aimerais donc ça, être là! Mais si je pense trop à ce que je manque, ça pourrait me faire perdre les pédales.

L'école recommence la semaine prochaine. Si notre fameux concert finit par lever, je vais les perdre de toute façon. Tu m'imagines sur une scène devant des centaines de personnes! 50 000 spectateurs, pour toi, c'est de la p'tite bière. Mais mets-en 500 devant moi, et c'est assez pour que j'étouffe.

De l'air!
Terry

Le 2 septembre

Cher Bruce Springsteen,

Demain la rentrée. Fini l'été, même si le temps reste splendide.

Avec maman ça va beaucoup mieux. Ça fait fichument longtemps qu'on s'est pas aussi bien entendus tous les deux. On dirait que c'est devenu plus facile tout à coup de parler de certaines questions.

De Nick, par exemple. Même que c'est moi qui ai abordé le sujet. Tout un revirement, pas vrai? Je me suis dit que je serais aussi bien de régler ça tout de suite. J'savais que, tôt ou tard, il faudrait en arriver là.

Alors, ce soir, une fois Amanda au lit, comme je faisais pas grand-chose à part regarder une émission stupide à la télé, je lui ai demandé pourquoi on le voyait plus dans les parages.

Elle a cessé de lire sa revue et elle m'a regardé. Puis elle a rebaissé les yeux avant de me répondre:

— Il se sent pas très à l'aise quand il vient ici.

— Ça me dérange pas qu'il vienne.

— Je lui dirai.

Elle était prête à arrêter ça là. Elle se disait sans doute qu'elle faisait mieux de pas trop tenter sa chance. Ou bien elle me croyait pas. Alors j'ai insisté:

— Ça me fait vraiment rien qu'il vienne. Mais quoi! C'est ta vie, non?

Je pense qu'elle savait pas quoi dire. Alors elle a murmuré:

— D'accord.

C'est tout. Elle jouait vraiment de prudence.

Mais après cinq bonnes minutes (ça faisait tellement longtemps, en tout cas, que j'avais l'impression qu'elle y pensait plus), elle a lancé tout à coup:

— Je vais peut-être l'inviter à souper dimanche, s'il est libre.

— Pas de problème. Arrange ça à ton goût.

— Il est vraiment bien, tu sais.

— Vous allez vous marier?

Elle a attendu un peu avant de répondre.

— Pas si ça risque de briser la famille.

Ç'a peut-être l'air idiot, mais c'est seulement à ce moment-là que j'ai compris! J'ai compris tout à coup à quel point ça la préoccupait de penser que, si elle épousait son type, je pourrais décider d'aller vivre avec le paternel. Si je le voulais vraiment, je le ferais, elle le savait très bien. Je l'ai déjà fait une fois, pas vrai?

— Tu l'aimes assez pour te marier avec lui?

Elle me l'a pas avoué clairement, mais à la façon qu'elle a eu de me regarder, j'ai deviné. C'est quand même très significatif, non, qu'elle soit prête à me faire passer avant lui? J'avais jamais envisagé la question sous cet angle-là.

J'sais bien que j'aurais dû lui dire quelque chose à ce moment-là. Mais ça m'aurait mis très mal à l'aise si je l'avais fait. Mais quoi, me semble qu'elle aurait dû deviner que les quelques jours passés chez le paternel avaient pas été si extraordinaires. Me semble qu'elle aurait dû comprendre que je peux tout simplement pas m'imaginer aller vivre là-bas, surtout pas avec Charlène dans le décor. Et ç'a pas l'air que le paternel a l'intention de casser avec sa blonde non plus.

Alors, en me levant pour aller dans ma chambre, j'ai laissé tomber, comme ça:

— C'est pas moi qui vais t'en empêcher.

Je pense qu'on avait tous les deux besoin d'y réfléchir quelque temps.

Alors, qu'est-ce que t'en penses? Est-ce que j'ai bien fait de lui faciliter les choses? Ouais, cette question-là, je devrais être capable d'y répondre moi-même. Seulement... c'est juste que c'est bien difficile d'imaginer qu'il pourrait y avoir un homme qui vive ici tout le temps et que ça soit pas papa. Peut-être que je pourrais commencer à l'aimer. Comme une personne, pas comme un père. Peut-être que je vais m'y essayer. J'imagine que je devrais être capable de faire au moins ça pour elle.

De toute façon, j'en suis venu à la conclusion que ça sert à rien de s'en faire. Merde! je passe mon temps à m'en faire pour des choses que, dans la plupart des cas, j'ai pas le moindre espoir de pouvoir changer. Alors, à partir de maintenant, je vais prendre les journées une à la fois. Et essayer de penser davantage à ce que j'ai qu'à ce que j'ai pas.

Ça me paraît pas pire, comme programme,

Terry

Le 6 septembre

Cher Bruce Springsteen,

On a notre feu vert pour le concert! Kirkland nous appuie toujours à cent pour cent. Il nous a organisé une rencontre avec le directeur, et on a obtenu la permission d'utiliser l'auditorium de l'école pour les répétitions et pour le spectacle. En fait, le directeur était vraiment emballé de tout le projet.

— Ça manifeste chez vous un bel esprit d'initiative, qu'il nous a dit.

Ça fait du bien à entendre.

La prochaine étape importante, maintenant, c'est les auditions. C'est la seule façon de procéder — des auditions pour tout le monde, excepté pour nous autres. Je me dis que comme on fait le plus gros du travail, ce serait comme normal qu'on fasse au moins partie du spectacle. Et jusqu'ici, on a entendu personne ronchonner. Je voudrais bien qu'il y en ait un qui trouve quelque chose à redire à ça! Il saurait ma façon de penser!

Les auditions ont lieu samedi prochain, après dîner. On a déjà vingt numéros sur notre liste. Ça va être un long après-midi!

Tu devineras jamais qui me tourne autour et passe son temps à me parler depuis la rentrée: Kristine! Je comprendrai jamais rien aux filles. J'avais l'impression d'avoir tellement foiré avec elle, la dernière fois, qu'elle voudrait plus rien savoir de moi. D'ailleurs, je me pose des questions: Est-ce qu'elle me trouve vraiment à son goût ou est-ce que c'est seulement à cause du concert qu'elle cherche à me flatter? Tu vois, elle veut faire Heart avec quelques-unes de ses copines. Mais j'essaie de me tenir loin d'elle, parce qu'il faut être équitables, dans cette affaire-là. Et éviter le favoritisme.

De toute façon, j'ai jamais vraiment su à quel point elle me plaisait, cette fille-là. C'est elle qui m'a relancé au tout début et qui a tout manigancé pour que je finisse par l'inviter. J'aurais envie de choisir, à mon tour.

Et il y a une autre fille qui me paraît vraiment digne d'intérêt. Elle s'appelle Joanne. Je te l'ai peut-être déjà mentionnée. Je lui ai pas encore vraiment adressé la parole, mais juste à la regarder, je sais qu'elle me plaît énormément. Ces temps-ci, ça m'arrive pas mal souvent de regarder des filles en groupe et de choisir, dans ma tête, celle avec qui j'aurais envie de sortir si j'en avais la chance. Joanne, c'est le genre de fille que je trouve vraiment à mon goût. Pas prétentieuse pour deux sous. Je peux pas supporter les gens qui se prennent pour d'autres. Et je parie que, quand elle se montre gentille avec quelqu'un, c'est pas pour déblatérer dans son dos à la première occasion.

Je suis en train de m'autosuggestionner à lui téléphoner. Merde! c'est pas facile de trouver le courage de faire le con! Je devrais pourtant le savoir.

Ça peut avoir l'air d'une excuse pour pas l'appeler, mais j'ai plein d'autres choses qui me trottent dans la tête en ce moment. Nick, par exemple. Il est venu souper ce soir. Il s'est présenté à cinq heures trente, comme maman l'avait annoncé. Il apportait une bouteille de vin. Je vois mal papa faire ça: le vin, c'est pas son style. Une demi-douzaine de p'tites bières, peut-être...

Tout le temps que Nick a été ici, j'ai pas arrêté de faire ça — de le comparer au paternel. J'sais bien que c'est pas juste, mais c'était plus fort que moi. Même si j'suis venu à bout de me montrer un peu plus poli que la dernière fois, j'étais pas encore moi-même, et maman l'a remarqué, c'est certain.

Et alors, qu'est-ce que je pense de lui, maintenant? Il est correct. Sauf que j'suis pas sûr de pouvoir envisager qu'il vive avec nous. Il est vraiment gentil avec maman; par exemple, il lui a aidé à laver la vaisselle après le repas, une autre chose que le paternel aurait jamais faite. Mais qui sait, il cherchait peut-être seulement à nous amadouer? Difficile à dire.

Je sais que c'est faire injure à ma mère de penser qu'elle pourrait épouser quelqu'un qui nous traiterait pas comme il faut. Je le connais tout simplement pas assez pour me faire une idée.

Sauf que ça, ça pourrait changer: il m'a invité à aller faire du canotage avec lui dimanche prochain. J'suis pas encore décidé.

Encore des décisions!
Terry

Le 11 septembre

Cher Bruce Springsteen,

On s'est réunis, John et moi, pour discuter de notre numéro pour le concert. On a toujours su qu'on ferait une de tes chansons. Et aujourd'hui, on a décidé laquelle.

C'est quand même gênant de te parler de ça. J'avais presque décidé de rien te raconter de ce qu'on préparait. Car enfin, je sais combien tu estimes ta musique, et je comprends que tu doives pas avoir envie que quelques têtes-en-l'air de par ici ridiculisent une de tes chansons. Essaie seulement de te rappeler que c'est pour une bonne cause.

On a fini par choisir *Dancing in the Dark*, pour un tas de bonnes raisons. On voulait une chanson que tout le monde connaisse, et dont on pourrait imiter le clip. Fallait pas qu'elle soit trop longue. Et ça nous prenait un rythme qui pourrait embarquer la salle. Autre chose aussi, je *tripe* vraiment quand, à la fin du clip, tu fais monter une fille de l'auditoire sur la scène et que tu te mets à danser avec elle.

Je vais être toi, et John sera Nils. Il m'a fait promettre qu'il pourrait venir souvent à l'avant-scène. On s'est trouvé des partenaires, aussi: un costaud qui nous a dit qu'il ferait Clarence, un autre qui va s'occuper de la batterie, et un troisième qui touchera le clavier. Pour les autres, l'auditoire devra faire appel à son imagination.

Mais peu importe le nombre qu'on va être, c'est sur moi que va se porter l'attention générale. Je commence vraiment à me demander si je pourrai, oui ou non, être à la hauteur. Car enfin, c'est demander beaucoup à un gars comme moi. La dernière fois que je suis monté sur les planches, j'étais en deuxième année et je jouais un des sept nains dans *Blanche-Neige*. Je compte sur le fait qu'une fois rentré dans ta musique je vais oublier ma nervosité. C'est pas la pratique qui manque, en tous cas! Et puis tant pis! Si j'ai à faire un fou de moi, je le ferai. Je m'en fous.

Pas trop bonne, l'impression que ça te donne, n'est-ce pas? J'suis pas encore certain d'avoir bien fait de t'en parler. Si je manque mon coup, je regretterai peut-être d'avoir même essayé. Et crois-moi, mon gars, ça va rester entre toi, moi et 500 autres personnes. Dis-toi juste une chose — si je me tourne en ridicule, ou si je *te* tourne en ridicule, c'est pas parce que je le veux.

Oublie tout ce que j'ai dit,
Terry

Le 15 septembre

Cher Bruce Springsteen,

L'après-midi a été long, hier — quatre heures d'audition pour un spectacle d'une heure. C'était dément! Je veux plus jamais de ma vie entendre la voix de Madonna! Et Kirkland non plus, j'en suis certain. La même chanson quatre fois, sans blague! Et chaque fois, la fille qui la faisait était un peu plus folle que la fille avant elle.

On avait vingt-quatre numéros à auditionner, qu'il fallait réduire à huit. Avec les deux nôtres, ça va nous en faire dix. Pour certains, la décision se prenait toute seule, on était tous d'accord qu'il fallait les garder. Comme ces types qui ont fait ZZ Top. Ils étaient formidables avec leur longue barbe! Et t'aurais dû voir avec quel ensemble ils dansaient leur steppettes! Et ces quatre bonshommes qui nous ont imité les Beatles, comme dans les vieux clips où on les voit tous habillés pareils, les cheveux en vadrouille, qui chantent *I Wanna Hold Your Hand*. Numéro un du début à la fin. Un autre groupe qui nous a complètement renversés, c'est ces filles qui ont monté un truc extraordinaire sur *Girls Just Wanna Have Fun*. En plein dans le mille!

Là où ça se compliquait, c'est quand on avait à juger entre deux ou plusieurs groupes qui présentaient le même numéro, sans qu'il y ait grande différence entre les performances. Dans ces cas-là, John disait que ça lui était plutôt égal qui serait choisi, surtout quand il s'agissait de filles.

— Et qu'il va falloir leur faire face à ces filles-là, lundi.

Finalement, on s'est surtout laissés convaincre par Kirkland de retenir tel groupe plutôt qu'un autre. Comme ça, on pourra dire que c'est lui qui a pris la décision finale.

Quoi qu'il en soit, on a maintenant nos dix numéros, y compris le nôtre et l'imitation de Michael Jackson que va présenter Kirkland. (Je l'ai vu en faire des bouts pendant une leçon de guitare: c'est complètement dingue!) Et maintenant, on s'exerce, on se perfectionne. On présentera pas ce spectacle tant que tout sera pas de première classe.

C'est là où en sont les préparatifs du concert. Je te tiendrai au courant. Tu retiens ton souffle, j'en suis certain.

Je t'avais parlé de l'invitation de Nick d'aller faire du canotage avec lui? Eh bien, toute la semaine durant, je me suis demandé si je devais accepter. Maman a pas essayé de m'influencer ni dans un sens ni dans l'autre. C'était à moi tout seul de décider.

Quand il a téléphoné, jeudi soir, je savais toujours pas quoi répondre. J'ai fini par dire oui parce que j'ai jamais été très bon pour dire non aux gens quand ils veulent me faire faire quelque chose. Je viens jamais à bout de trouver une excuse qui me donne pas l'air de mentir.

Alors ce matin, il est venu me chercher et on a traversé le lac Ailsa. C'était la première fois que j'embarquais en canot. Nick, lui, il en connaît un bout sur la façon de manipuler ça.

Ça s'est passé mieux que j'aurais pensé. On était tous les deux tendus, lui comme moi, et j'ai eu l'impression qu'il parlait un peu beaucoup. Mais il a pas essayé de m'en mettre plein le nez avec un tas de sornettes. C'était correct.

J'ai appris pas mal de choses à son sujet: il m'a parlé de son travail et de toutes sortes de trucs. Il a un bon emploi: il est assistant-directeur dans une banque. Moi, je trouverais ça plutôt ennuyant comme boulot, mais il dit que ça lui plaît, pour le moment, du moins. Il aimerait partir en affaires un jour. À l'entendre, on sent qu'il a pas mal de projets.

Comme je disais, c'était correct. Je retournerais probablement encore.

À plus tard,
Terry

P.S. Explique-moi donc comment tu fais pour que ça ait l'air si facile de danser sur scène?

Le 17 septembre

Cher Bruce Springsteen,

J'suis vraiment pas de bonne humeur depuis une couple de jours. Ça doit paraître.

Ç'a rien à voir avec le concert. De ce côté-là, tout roule assez bien. La date est même choisie: vendredi le 4 octobre, dans l'après-midi. Au début, on croyait être obligés de le présenter en soirée: on pensait jamais pouvoir prendre ça sur le temps de l'école. Mais le directeur nous accorde deux périodes ce vendredi après-midi-là. Kirkland y est probablement pour quelque chose. Bien que, d'après ce qu'il dit, le directeur nous appuie à cent pour cent.

C'est donc pas le concert. J'imagine qu'une partie de mon humeur massacrante vient du fait que j'ai toujours pas appelé Joanne. J'ai vraiment envie de le faire, mais j'ai peur. Merde, s'il fallait que je foire! Je l'aime trop pour risquer ça.

C'est fou. Je lui ai pas dit plus qu'une dizaine de mots dans toute ma vie, à cette fille-là, et pourtant je la vois tous les jours à l'école. Je passe mon temps à me demander ce qu'elle pense de moi. Mais bien sûr, elle pense sans doute pas à moi, un point c'est tout. C'est pas une de celles qui se sont mises à me tourner autour quand la fièvre du concert a commencé. Et elle est pas venue passer d'audition non plus. Dieu merci.

Kristine est venue, elle, et elle a pas été choisie. Depuis ce temps-là, elle m'adresse plus la parole. Ça fait bien mon affaire. Je l'ai jamais aimée tant que ça, de toute façon.

Toi, qui as une grande expérience avec les filles, qu'est-ce que tu ferais à ma place? Tu écrirais sans doute une chanson là-dessus.

Y a autre chose, aussi.

Ça fait plus de trois semaines que le paternel a pas donné signe de vie. Je me demande, des fois, s'il était vraiment sincère dans ses promesses.

Salut,
Terry

Le 20 septembre

Cher Bruce Springsteen,

Nick est pas aussi con que je pensais, en fin de compte. Il est correct, à sa façon. Il vient souvent depuis quelque temps. Ça me dérange plus tellement.

J'suis pas retourné en canot avec lui, malgré que je lui avais promis que j'irais. Mais voilà qu'il s'est mis dans la tête de m'emmener à la chasse aux canards cette fin de semaine; il insiste beaucoup. Mais je pense pas accepter. C'est une chose que j'ai jamais faite avec le paternel, même si on avait pensé y aller quelques fois. C'était jamais venu à bout de s'arranger.

Toujours pas de nouvelles de lui, du paternel, je veux dire. Ça va faire quatre semaines lundi. S'il est sur la route pas mal, il a sans doute pas le temps d'écrire ni de téléphoner. Je commence vraiment à me faire du mauvais sang avec ça, par exemple. Ça donne rien de le nier.

Et j'ai toujours pas appelé Joanne.

Voilà. Une lettre aussi courte, est-ce que ça vaut même la peine de la mettre à la poste? Pourquoi gaspiller un timbre?

Fallait seulement que je fasse quelque chose de mon temps.

Terry

Le 23 septembre

Cher Bruce Springsteen,

Joyeux anniversaire! Et si t'as fait un vœu, je te souhaite qu'il se réalise. Pour le mien, ça y est: j'ai reçu une lettre du paternel! Je savais bien qu'il écrirait. Deux pages! Lui et ses collègues étaient en tournée depuis une couple de semaines; c'est pour ça qu'il a pas eu grand-temps pour écrire. Ils ont des contrats fermes pour jusqu'après Noël, et il dit que ça s'annonce très bien aussi pour l'année qui s'en vient. Il m'a l'air pas mal excité de tout ça. C'est pas moi qui vais le blâmer. Ça m'exciterait, moi aussi.

Il me parle beaucoup du groupe. Et aussi de certaines nouvelles chansons qui vont s'ajouter au répertoire. Il raffole de la casquette que je lui ai envoyée. Il dit qu'il l'a toujours sur la tête.

Rapport à notre concert, il mentionne qu'il est fier de ce que je fais. Il espère que ça va marcher. «Mais oublie pas de composer ta propre musique, qu'il ajoute, parce que c'est ça, finalement, que tu dois viser.»

Ce qui m'a amené à retravailler la chanson que j'suis en train d'écrire pour Joanne.

Sauf que maintenant, ça parle de toutes sortes de trucs différents aussi. Je l'ai presque finie. Y a des paroles qui sortent pas encore tout à fait à mon goût, et la musique a besoin d'un bon fignolage, mais c'est mieux que mon autre chanson. Ça me ressemble davantage.

Le concert s'en vient à grands pas — plus qu'une semaine et demie à attendre. On a établi l'ordre de présentation des numéros. Il y a répétition tous les jours après la classe et on a réglé un certain nombre de problèmes, comme les changements de décor entre les numéros, par exemple. On a pas plus d'espace qu'il faut dans les coulisses, alors on doit limiter les éléments du décor au strict minimum. Pas facile. Certains groupes voulaient un montage très sophistiqué pour leur seule performance. Comme si on avait le temps, entre deux chansons, de bouger tous les trucs qui servaient au numéro d'avant et d'en installer plein d'autres pour le prochain!

Alors, on s'est arrangés pour avoir une batterie qu'on pourra monter sur la scène et laisser en place pour toute la durée du spectacle.

Et ce qu'on fait, c'est qu'on prépare une toile de fond par numéro — une seule, noire zébrée d'éclairs peints à la peinture fluo. On va aussi mettre une couple de lumières stroboscopiques et des projecteurs colorés à la disposition de tous ceux qui voudront s'en servir. Y a plein de bénévoles qui se sont offerts et qui demandent pas mieux que d'être dans le coup, alors on a distribué les tâches: on a nommé un responsable du rideau, on a mis deux personnes en charge des lumières, et on a demandé à une couple d'autres de s'occuper des toiles de fond.

Mon gars, ça me cause bien des maux de tête, mais je vois tout ça s'organiser peu à peu. Ça devrait à tout le moins aller chercher un bon éclat de rire dans l'auditoire.

À propos, je me suis finalement laissé convaincre d'accompagner Nick à la chasse aux canards, hier. Plutôt agréable, comme excursion. On a pas attrapé de canards, mais rien que de s'évader, comme ça, loin de tout, ça fait du bien. Je t'en reparlerai un autre tantôt. Pour l'instant, faut que je dorme. Et que je pense à ce que je vais dire au paternel quand je vais répondre à sa lettre.

Toujours pas téléphoné à Joanne.

Et alors? Rien de nouveau sous le soleil,

Terry

Le 2 octobre

Cher Bruce Springsteen,

Ma décision est prise. J'ai dit à maman que si elle veut se marier avec lui, elle a beau, j'ai pas d'objection. Simplement, qu'elle s'attende pas à des miracles.

Le fait qu'elle ait rien répondu, ça m'a fait réaliser qu'elle le souhaite vraiment, ce mariage. Que tout ce qu'elle attend, au fond, c'est que le divorce soit prononcé. C'est là que je me suis mis à me demander si on allait quitter l'appartement et si ce déménagement allait pas nous compliquer la vie encore plus. (J'ai toujours eu le don de voir loin.) Et maintenant je regrette de lui avoir parlé.

Bien que ce soit la seule solution, finalement. Est-ce que j'ai d'autre choix? J'ai dit ça au paternel dans ma lettre.

Et puis au diable, après tout! Dans quelques années, je serai assez vieux pour aller où je voudrai et faire ce qui me plaira.

Toutes ces idées-là me trottent dans la tête. Sans parler du concert! Dans deux jours, le concert! On va avoir une répétition générale, demain, et si on est pas prêts après ça, eh bien, on le sera jamais! Je pense que ça s'en vient pas pire, mais peut-être que ça va virer en échec monumental. Qui sait?

J'ai pas eu le temps de rien faire d'autre. Oui, j'sais bien que je devrais être en train de m'essayer du côté de Joanne, mais y a plein d'autres choses qui m'occupent en ce moment et, je l'avoue, j'ai toujours pas eu le cran de me décider. Merde! je serai un vieillard à cheveux gris que je serai probablement toujours aussi constipé en matière de filles!

C'est ce qu'on appelle voir le beau côté des choses, tu trouves pas? C'est une manie chez moi!

J'vais te dire, par exemple: ça m'aide de savoir que toi non plus, à mon âge, t'étais pas tout à fait Casanova.

Je lui ai quand même envoyé une petite note, sans signature, ni rien, qui disait tout simplement: «Arrange-toi pour t'asseoir à l'avant pendant le concert.»

J'vais essayer de garder la casquette de base-ball que j'ai volée à mon père dans la poche arrière de mon jean pendant le concert. Qui sait, ça va peut-être marcher pour moi aussi?

Je suis sur le nerf en pas pour rire, et ça doit paraître. J'suis plus capable de me concentrer sur quoi que ce soit, alors autant finir ma lettre ici.

Si tu savais ce qui se passe, tu me souhaiterais bonne chance.

Pareillement,
Terry

P.S. J'allais oublier — c'est ce soir que tu termines ta tournée. Envoie, mon gars, donnes-y, t'es capable!

Le 4 octobre

Cher Bruce Springsteen,

Écœurant! Écœurant! Mieux que ça, mon gars. On a fait un malheur! (On a ramassé plus de mille piastres: y a même des gens qui en rajoutaient à la fin.) Mon gars, ç'a tellement bien marché que tu le croirais pas! Et c'est pas ça le meilleur! Mais j'y reviendrai tout à l'heure.

Faut d'abord que je parle des autres participants. Comme je te disais l'autre fois, y avait un tas de choses dont j'étais pas certain. Mais dès la première chanson, on a eu l'auditoire avec nous autres, de la même façon que si c'était un vrai concert.

C'est moi qui ai fait l'introduction. J'ai commencé par quelques mots pour remercier les gens d'être là, et j'ai souhaité à tout le monde de bien s'amuser. Puis j'ai ajouté:

— Mais c'est pas seulement pour le plaisir qu'on fait ça. Y en a parmi nous qui traversent des passes difficiles, et on est là pour s'aider les uns les autres.

Très court comme présentation, mais ce que j'ai dit, c'était quand même important.

Et après ça, *place à la musique!* Le rideau s'est levé sur les gars qui faisaient ZZ Top. Ils ont eu un succès foudroyant! Ils sont vraiment entrés dedans avec toutes leur tripes, plus encore que pendant les répétitions. C'était la façon idéale de partir le bal, car ils ont vraiment eu le tour d'embarquer la foule. Tellement que, vers la fin de la chanson, la plupart des spectateurs s'étaient levés pour mieux taper des mains, et y en avait qui dansaient. Mieux que tout ce que j'avais espéré.

Une fois le public attisé comme ça, on savait qu'il fallait maintenir le rythme. C'est pour ça qu'on s'est grouillés comme des vrais forcenés entre les numéros: il s'agissait de faire sortir le groupe qui venait de performer et d'installer le suivant, pour qu'il puisse commencer avant que la foule s'impatiente. Y a des fois où a eu pas mal chaud en coulisses, mais personne a perdu les pédales.

Après ZZ Top, ç'a été au tour de Cyndi Lauper! Aux premières mesures de la musique, elle est arrivée en dansant par l'allée centrale de l'auditorium avec, dans son sillage, une cohorte de filles qui personnifiaient les voix de fond. T'aurais dû leur voir l'accoutrement débridé! Sans parler de leur coiffure et de leur maquillage de toutes les couleurs! La foule a adoré ça, surtout le punch final, quand ce colosse habillé en lutteur s'est amené tout à coup pour soulever Cyndi dans ses bras et l'emporter hors de la scène.

De là, on est passés à Bryan Adams (surtout pour faire plaisir aux filles), puis à AC/DC (pour les amateurs de bière et de parties). Puis aux Rolling Stones (y a un gars de dixième qui nous a fait un Mick Jagger époustouflant!)

Après ça, Tina Turner. Sensationnelle! La fille qui la personnifiait, Lynda qu'elle s'appelle, une fille bien bâtie et qui a pas peur de le montrer, eh bien, elle a laissé les gars pantelants. Ils avaient tous la langue pendante.

Ensuite, Kirkland est venu chanter sa version de *Billy Jean*, sauf qu'il avait changé toutes les paroles. De la graisse plein les cheveux, il s'est présenté en exécutant des steppettes de danse à la Michael Jackson, gesticulations saccadées comprises. Sauf qu'à un moment donné, il s'est mis à s'enfarger et à trébucher à tous les deux pas. Les spectateurs se tordaient.

Difficile à suivre, une performance pareille! Mais les trois filles qui sont venues ensuite personnifier les Pointer Sisters ont relevé le défi d'une façon tout à fait honnête. Elles étaient peut-être un tantinet tendues au début, mais elles se sont vite rattrapées et elles se sont mises à déplacer de l'air en s'il vous plaît! Assez pour créer l'ambiance voulue pour les deux derniers numéros. On avait réservé l'avant-dernier aux Beatles. Et ils ont été tout à fait à la hauteur de ce qu'on attendait d'eux. Parfaits, sortis tout droit des années soixante. Et un bon contraste avec la grande finale — nous autres.

Et nous autres, eh bien, on a été tout simplement terribles! C'est bien simple, on a volé le show! Pas besoin de te faire de mauvais sang, mon gars, je t'ai rendu justice!

J'étais tellement pris par le spectacle que j'étais pas nerveux pour deux sous. J'aurais pu affronter une foule dix fois plus nombreuse sans même sourciller... *jusqu'à ce que le rideau se lève!*

Mais alors là, *BANG!* me voilà assommé tout d'un coup: pour une fraction de seconde, un trac épouvantable m'enlève tous mes moyens, jusqu'à ce que le rythme de la batterie se mette à battre dans mes veines. Et soudain, je commence à me faire aller les hanches et les épaules, et à claquer des doigts en mesure.

Les deux premiers mots m'ont pris au dépourvu, mais tout de suite après j'ai plongé dedans à cent pour cent — ma bouche travaillait aussi fort que si j'avais réellement été en train de chanter; mes bras battaient l'air en cadence; et je dardais mes regards çà et là dans la foule. Je dansais d'un bout à l'autre de la scène et je suis même allé jusqu'à engager un duel avec John à la guitare. *Tripant*! J'ai adoré l'expérience! Et John donc! Surtout quand il a vu toutes les filles nous crier leurs encouragements.

Une fois revenus de leur surprise de me voir là, les spectateurs ont commencé à hurler et à siffler, et y en a qui se sont même mis à chanter les paroles. C'est comme si ç'avait été écrit que je devais être là!

De temps à autre, je décochais des œillades aux filles des premiers rangs. Je pouvais lire la question dans leur tête: «Qui est-ce qu'il va inviter à danser avec lui sur la scène, à la fin de la chanson?» Moi, je savais très bien qui ce serait et aussi où elle était assise. Faut croire qu'elle avait reçu ma note.

Et à la fin de la chanson, après avoir lancé mon micro à John par-dessus mon épaule, j'ai pas eu une seconde d'hésitation. J'ai planté mes yeux dans ceux de Joanne et je lui ai fait signe de monter. Elle était pas tout à fait dans le coup, mais elle est tout de suite venue, courant même pour gravir les dernières marches, pour qu'on puisse danser tous les deux aux barrissements du saxophone et aux encouragements de la foule en délire. Merci, mon gars, merci d'avoir mis ce bout-là dans ton clip! T'as peut-être vraiment déclenché quelque chose entre elle et moi avec ça.

Longtemps après qu'elle a eu regagné son siège, les bravos enthousiastes ont continué. Même de retour en coulisses, une fois le rideau baissé, on entendait la foule réclamer:

— Encore! Encore!

Comme si c'était impossible qu'on ait pas une autre chanson à présenter.

Mais on n'avait rien préparé d'autre. Qu'est-ce qu'on pouvait faire? On regardait partout, complètement désemparés. On est passés en avant du rideau pour saluer encore une fois. Aussitôt, le public survolté s'est levé pour en demander plus.

Une fois revenus derrière le rideau, on a décidé qu'il fallait tout simplement arrêter ça là. On allait tout de même pas risquer de foirer avec une chanson qu'on avait jamais répétée. Au bout d'un moment, la clameur de la foule s'est estompée.

Mais le temps que ç'a duré, c'était électrisant!

Et j'en souris encore,
Terry

Le 5 octobre

Cher Bruce Springsteen,

J'ai lu dans le journal que, durant ton dernier spectacle à Los Angeles, mercredi, t'as fait monter ta femme sur scène et que tu l'as embrassée. Un vrai long baiser. Beau travail! Je peux pas rivaliser avec ça. Pas encore. Mais j'suis pas mal certain que Joanne et moi, on est en train de se tisser des liens.

Je lui ai téléphoné aujourd'hui, quand je suis enfin retombé du nuage où je planais depuis la fin du concert. Mon gars, je volais si haut que ça m'a pris tout ce temps-là à redescendre sur terre.

Je savais pas à quoi m'attendre, mais fallait que je l'appelle. Je me disais: «Peut-être que je l'ai mise mal à l'aise, hier, et qu'elle veut plus rien savoir de moi? Peut-être qu'elle regrette même d'avoir mis les pieds sur la scène?» Mais je devais lui téléphoner. Je pouvais pas attendre à lundi pour lui parler à l'école. Y aurait eu trop de monde autour de nous.

C'est elle qui a répondu. L'espace d'un instant, j'ai cru que j'allais réellement étouffer sur place. Mais après une minute, ç'a été formidable.

Le croiras-tu, on a bavardé pendant plus d'une heure? Sans boules de coton, sans notes, ni rien. On a parlé du concert, bien sûr, mais de toutes sortes d'autres choses aussi. Elle adore ta musique. Son album préféré, c'est *The River*.

Et on a pris rendez-vous pour une sortie. C'est bien simple, quand j'ai raccroché, j'étais remonté sur mon nuage. J'ai été frappé par la foudre et c'est rendu que je titube comme un drogué.

J'peux même plus écrire. J'suis vraiment plus dans le coup.

C'est merveilleux!
Terry

Le 14 octobre

Cher Bruce Springsteen,

C'est officiel: ils se marient. C'est pas une grosse surprise. Et veux-tu que je te dise, ça me fait vraiment pas grand-chose. Je peux tout de même pas prétendre que je m'y attendais pas.

On était tous à table — tous les quatre — quand maman nous a annoncé la nouvelle, à Amanda et moi, il y a quelques soirs au souper. Et voilà ma sœur partie pour la gloire!

— Est-ce que je vais pouvoir être fille d'honneur, dis? Et porter une robe neuve? Et un joli bouquet?

C'est bien elle, ça!

Maman a répondu que ce serait pas un mariage de ce style-là, mais plutôt une cérémonie toute simple.

Moi, j'ai pas dit grand-chose. Je les ai félicités de façon que ça ait l'air sincère. Pas plus. Ils étaient soulagés, je pense.

Ils sont pas entrés dans les détails. Heureusement, car j'avais pas tellement envie d'en parler. Tu me connais, j'ai besoin de temps pour digérer les choses.

Mais maintenant, après quelques jours de réflexion, ça va. Je le pense, en tout cas. Comme j'ai dit à maman, je vais faire mon possible pour que ça marche. Ils peuvent pas m'en demander davantage.

J'ai écrit à papa et je lui ai confié ce que je ressentais à propos de tout cela. Ç'a pas été une lettre facile à écrire. Je lui ai dit que d'après moi, le fait que maman se remarie, c'est ce qui pouvait arriver de mieux pour tout le monde. Que ça changerait pas grand-chose entre lui et moi. Que je tenais toujours à ce qu'on continue à se voir. Je lui ai étalé ça pas mal direct — qu'il est encore mon père et que j'attends beaucoup de lui. Je lui ai pas envoyé dire. Je lui ai expliqué comment je me sentais.

Ça faisait seulement quelques jours que j'avais mis la lettre à la poste quand j'ai reçu sa réponse, aujourd'hui. Il a dû m'écrire aussitôt après l'avoir lue.

Les trucs personnels qu'il me raconte dans cette lettre-là! Ça m'est allé droit au cœur, des confidences que je raconterais à personne, pas même à toi. J'avais jamais pensé que le paternel m'aimait autant que ça.

D'une certaine façon, je suis presque content que maman se marie. Ça me donnera d'autant plus d'excuses pour aller le voir. En fait, il m'a demandé si je voulais passer une partie de Noël avec lui. Ça me sourit assez. Aussi, il me dit que s'il arrive à s'organiser, on ira peut-être quelque part l'été prochain, en camping ou autrement, juste tous les deux. J'espère vraiment qu'il dit ça sincèrement.

Je sortais avec Joanne, ce soir, et je me suis pas mal déchargé le cœur de tout ça, en lui en parlant. J'ai pensé que ça valait mieux. Qu'elle sache dans quoi elle s'embarque si elle décide de sortir avec moi. Tu sais ce qu'elle m'a dit? Elle m'a conseillé de pas me laisser affecter par ça. D'avoir des pensées positives. Après quoi elle s'est blottie dans mes bras. Voilà quelque chose que j'suis capable de prendre.

J'suis pas mal certain qu'elle me plaît beaucoup et que c'est réciproque. On va passer la soirée chez John, vendredi, Joanne, moi, John et sa nouvelle copine. On va louer des films et se préparer de la pizza. Un beau menu, non?

Je fais mieux de te laisser. Y a quelque chose que j'ai oublié de dire à Joanne, et il faut que je la rappelle avant qu'elle se couche. Je te le dis, mon gars, la vie d'un tombeur de femmes tel que moi est loin d'être facile.

Ah oui, j'allais oublier: les Smith étaient bien contents de l'argent qu'on a amassé pour eux. Ils vont s'en servir pour acheter des lits, des commodes et du linge pour les enfants. Et mettre le reste de côté pour Noël. Ils m'ont demandé si je viendrais pas garder chez eux de temps à autre.

— Mais bien sûr, j'ai répondu. Avec plaisir.

Je te reparlerai un autre tantôt,
Terry

Le 30 octobre

Cher Bruce Springsteen,

Ça fait longtemps que je t'ai écrit. J'y ai réfléchi pas mal et je pense que cette lettre-ci sera peut-être la dernière.

Quand j'ai commencé à t'écrire, j'avais vraiment besoin de quelqu'un à qui parler. (Chanceux va!) Maintenant, je vais me taire et te laisser tranquille.

Ces quelques derniers mois ont été un peu dérangeants et la seule chose qui m'a permis de voir clair dans tout ce qui arrivait, c'est ma correspondance avec toi.

Je me demande des fois si t'as lu quelques-unes de mes lettres. Peut-être que tu vas venir à bout de trouver le temps, maintenant que t'as fini ta tournée. Comme je t'ai déjà dit, ça m'ennuierait pas vraiment de savoir que t'as rien lu de moi. Ça me plaît d'imaginer que oui, mais j'sais que t'as encore des tas de choses à faire. Peut-être que tu me feras signe un jour. Qui sait?

J'ai lu quelque part qu'une fois, après un concert, un type que tu connaissais pas t'a abordé et invité à aller manger chez lui avec sa famille. Et que t'as dit oui. Mon gars, cette invitation-là, je te la fais, moi aussi. Maman pourrait nous préparer ses fameux spaghetti. Bien sûr, pour une occasion pareille, faudrait que j'invite le paternel à faire un saut spécial jusqu'ici. On aurait plein de choses à discuter tous ensemble. L'invitation est ouverte, si jamais tu passes dans notre coin de pays.

Peut-être que ta prochaine tournée te conduira dans (ou près de) nos parages. T'as pas mal de fans autour d'ici, tu sais. Si ça arrive, je serai le premier à acheter des billets.

Mais que tu viennes ou pas, moi, je vais aller te voir, ça c'est sûr. C'est la promesse solennelle que je me suis faite à moi-même — d'assister à un de tes concerts pendant ta prochaine tournée. Je serai le gars assis au premier rang et qui a l'air en extase.

À partir de maintenant, j'espère que c'est au paternel que j'écrirai pendant les heures que je consacre à ma correspondance. Je lui dois une lettre, justement. C'est moi qui retarde, cette fois-ci.

Bon, eh bien, je pense qu'on est rendus au bout de la ligne, Bruce Springsteen, *mon chum*. (J'ai eu envie de t'appeler Bruce, tout court, pour une fois, mais j'ai pas été capable.) De toute façon, c'est à peu près ça qui est ça.

Oublie pas, mon gars — prends ça «cool». Accorde-toi un temps d'arrêt, ça fait longtemps que t'es en tournée. Profite bien de ta vie et souviens-toi — si jamais t'as des enfants, passe beaucoup de temps avec eux.

Et laisse venir la musique. Je serai à l'affût de ton prochain album.

Sincèrement, mon gars,
Terry

Bruce Springsteen
mythe des temps modernes

«Je crois que le rock'n'roll a sauvé des vies...», affirme Dave Marsh dans son livre intitulé *Bruce Springsteen*. «Nous n'avions rien, ajoute-t-il; le rock nous a fait pressentir que nous pouvions avoir tout[1].»

Pour plusieurs générations d'adolescents, le rock a représenté bien plus qu'une forme de musique populaire. Au-delà des rythmes, des rengaines et des mélodies, les paroles des chansons apportaient aux jeunes des classes ouvrières un espoir démesuré. L'espoir que tout pouvait changer.

---

1. DAVE MARSH, *Bruce Springsteen*, collection rock and folk, Paris, Albin Michel, 1981, p. 6.

Et puis il y eut, il y a toujours, Bruce Springsteen. Pour qui le rock est sacré, représente tout. «Il y a des gens qui prient, remarque-t-il, il y en a qui jouent de la musique[1].» La vérité poignante qui éclate dans ses chansons, la philosophie solide qu'il véhicule et la poésie réaliste de ses textes touchent des fibres éminemment sensibles chez les jeunes, qui sont nombreux à s'inspirer de lui pour faire face à leur vie. Car il prône l'affirmation de soi face à la génération adulte et à la société, et il affirme que la détermination est la clé du succès. Ce dont il est la preuve vivante puisqu'il est originaire d'un milieu des plus modestes. Sa réussite éclatante donne une valeur de symbole à ce mythe des temps modernes qui a élevé le rock à son summum. Bruce Springsteen transcende son époque, et son influence marquera encore longtemps l'histoire de la musique populaire en Amérique.

---

1. 2. Ibid., p. 14.